Les Glaneuses

de Temps

Patrick Ferrer

Les Glaneuses de Temps

et autres contes

Illustrations de Violette Sagols

Copyright © 2016 Patrick Ferrer.
Tous droits réservés

Illustration de couverture
© 2015 Zummerfish. Tous droits réservés.

Illustrations de Violette Sagols
© 2016 Violette Sagols. Tous droits réservés.
www.violettesagols.com

Edition : BoD - Books on Demand
12/14 rond-point des Champs-Élysées
75008 Paris

Imprimé par BoD – Books on Demand,
Norderstedt
ISBN : 978-2-322-07772-4

Dépôt légal : Mai 2016

Table des matières

Près du lac de Vermaudit 1

La rouille 31

Les sables de Méroé 47

La baie des Trépassés 61

La porte bleue 85

La cité des ombres 101

Safari 137

Les glaneuses de temps 153

Un mot de l'auteur 183

Près du lac de Vermaudit

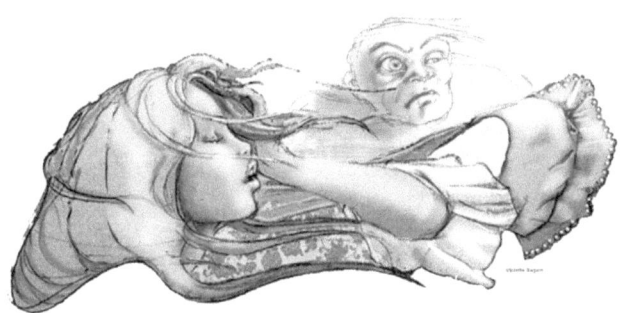

Les nuages noirs avançaient à l'horizon comme une horde poussée par le vent, secouant furieusement la cime des grands arbres sur leur passage. Absorbée dans ses jeux, Amandine ne les avait pas vus arriver et fut surprise par la bourrasque qui arracha sa coiffe de dentelle. Elle la vit s'envoler par-dessus les massifs de fleurs avant de disparaître dans les bois qui bordaient le jardin.

Elle allait se lancer à sa poursuite lorsqu'une main ferme se referma sur son épaule. C'était une main rugueuse, parcourue de veines épaisses, aussi grosse que sa tête. Elle tenta de se dégager, mais la prise ne faiblit pas. Amandine leva le nez. L'homme faisait facilement le double de sa taille, il était massif, les traits épais, et la regardait d'un air étrange. Son œil gauche saillait nettement plus que le droit, en fait il semblait animé d'une vie propre, indépendante du reste de son grossier faciès.

— Victor, veux-tu cesser de rouler de l'œil ainsi, tu sais bien que je déteste cela !

La brute fléchit sous l'assaut verbal et retira sa main d'un air honteux.

— Désolé, mamzelle Amandine, j'voulais pas vous effrayer. L'œil, je n'y peux rien, c'est à cause du ver.

Sa voix était comme le lointain roulement du tonnerre.

— Un ver ?

— Le docteur a dit qu'il s'était logé sous le globe et qu'on ne peut rien y faire. Pas sans perdre mon œil. Il vit là, c'est tout. Peut-être qu'il va mourir tout seul.

— C'est dégoûtant ! Et ça ne te fait pas mal ?

— Non, mamzelle, je ne sens rien. Faut juste le nourrir.

La fillette fit la grimace.

— Moi, ça me donnerait des vapeurs. Il ne te mange pas le cerveau quand même ?

— Non, mamzelle, juste des pensées étranges. Ma femme dit que c'est comme ça qu'il se nourrit.

— Lucette ? Je croyais qu'elle était morte !

— Ça l'empêche pas de me parler, mamzelle.

— Victor, tu es trop bizarre. Bon, moi je vais chercher ma coiffe.

La grosse main se referma à nouveau sur son épaule.

— Faut pas aller par là, mamzelle. Pas quand il y a l'orage.

— Ne sois pas bête. J'y vais tout le temps avec Nounou, quand nous allons au lac. Mère sera très irritée si je perds ma jolie coiffe.

L'œil de Victor eut un soubresaut. La pression sur l'épaule de la fillette ne se relâcha pas.

— J'irai la chercher, mamzelle, vous inquiétez pas. Après.

La fillette fit la moue.

— Elle sera toute mouillée. Vas-y maintenant.

Le géant secoua sa tête difforme d'un air buté.

— Il faut rentrer, mamzelle, l'orage est proche.

— Tu n'es pas drôle, Victor. Je ne suis plus une petite fille, j'aurai douze ans le mois prochain.

Le colosse ne répondit pas mais l'aida à ranger ses jeux. Ils prirent tous deux le chemin de la demeure alors que les premières gouttes, épaisses et tièdes, commençaient à tomber.

Ils entrèrent par la porte de service. La cuisine était chaude, quelque chose cuisait à petit bouillon dans la grande marmite.

— Asseyez-vous près du feu, mamzelle. Je vais vous faire du chocolat.

— Jamais de la vie ! Tu as les mains pleines de terre et tu ne sais même pas cuisiner ! Va donc chercher la cuisinière.

— Madame votre mère n'aime pas me voir dans la maison, mamzelle. À cause de la boue du jardin.

La fillette laissa échapper un soupir.

— C'est sûr, avec ton œil, tu fais fuir tout le monde. Bon, je vais m'en occuper moi-même.

Amandine fit le tour de la maison, mais elle était vide. La cuisinière avait dû aller au village faire le marché. Quand elle revint dans la cuisine,

Victor avait mis le lait sur le feu. Elle passa un tablier blanc et lui demanda de verser la poudre brune pendant qu'elle touillait avec la cuillère en bois.

— Doucement, gros nigaud ! Tu verses trop vite. Ça va faire des grumeaux. Attention de ne pas en verser à côté, Père le fait venir des îles, ça coûte horriblement cher.

— Pardon, mamzelle.

Quelques minutes plus tard, ils étaient tous deux installés à la grande table, Amandine devant un bol de cacao fumant et Victor un verre de gniole.

— Parle-moi de tes pensées étranges, Victor. J'aimerais bien savoir ce que le ver te chuchote.

— Ce ne sont pas des choses pour les demoiselles comme vous, mamzelle. Lucette dit que c'est la voix du Malin.

— Pfutt ! Le Malin n'existe pas. Père dit que le mal est propre à l'homme et qu'il n'a besoin d'aucune aide.

— Votre père ne sait pas tout, mamzelle.

— Ne dis pas de sottises, bien sûr qu'il sait tout. Il a été Haut-Commissaire de la Couronne. D'ailleurs quand j'aurai l'âge, je veux faire la même chose. Je serai une grande détective, tu verras !

— C'est pas un métier pour les mamzelles, mamzelle. Et puis, vous n'avez pas besoin de travailler.

— Si tu penses que je vais passer ma vie à tenir salon comme Mère ! Non, moi ce que je veux, c'est poursuivre les brigands, arrêter les assassins et les envoyer au gibet. D'ailleurs, j'ai une proposition à te faire. Pourquoi ne serais-tu pas mon bourreau ? Rien qu'à te voir, aucun mécréant n'osera enfreindre la loi.

L'homme réfléchit une minute avant de secouer lentement la tête.

— Personne n'aime le bourreau, mamzelle. Il vit seul et n'a pas d'amis.

— Pourquoi, tu as des amis, Victor ? Je veux dire, à part moi...

— Non, mamzelle.

— Alors ? J'attraperai les assassins et tu leur couperas la tête. Ça ne te plairait pas ?

La brute ne répondit pas tout de suite. Il n'était pas habitué à penser à ce genre de choses.

— Je ne suis qu'un pauvre jardinier, mamzelle. Je ne saurais pas comment couper une tête.

— Fadaises ! C'est facile. L'important, c'est la hache, tu vois. Il faut qu'elle soit bien affûtée, un solide billot, et porter un coup bien sec entre les vertèbres du cou.

— Où avez-vous appris ce genre de choses, mamzelle ? Ce ne sont pas des pensées pour quelqu'un de votre âge.

— Bah ! J'écoute Père quand il discute avec ses amis dans le fumoir. Il ne sait pas que je suis là, j'ai fait un petit trou dans le mur de la bibliothèque et je peux entendre tout ce qui se dit. C'est vrai que je ne comprends pas tout, surtout quand ils discutent de « girondes » et de « gueuses » mais le truc de la hache et du billot, j'ai retenu. Tu ne lui diras rien, n'est-ce pas ?

— Non, mamzelle. Mais ce ne sont pas des choses…

— Ça suffit, Victor ! Je croirais entendre Mère.

Un bruit de sabots retentit dans la cour. Le jardinier sursauta et son œil fit presque un tour sur lui-même.

— Ce doit être Père, murmura la fillette. Allons-nous cacher, s'il nous trouve ensemble, ça va encore faire des histoires.

Elle débarrassa prestement la table et conduisit le colosse par la main jusqu'à la petite bibliothèque attenante au fumoir. Ils se réfugièrent tous deux dans la pièce obscure. Il n'y avait pas de fenêtres pour empêcher le soleil de ternir les précieuses reliures qui s'alignaient jusqu'au plafond. Amandine fit glisser un volume de poésies de Milton, révélant un petit trou circulaire dans le panneau derrière les livres. Ils attendirent en silence, tapis dans le noir épaule contre épaule.

— Tu pues, Victor, chuchota la fillette.

L'homme eut un mouvement de recul, confus.

— Mais non, je dis cela pour te taquiner. J'aime bien l'odeur de terre et d'herbe coupée. Bien plus agréable que les parfums alambiqués de Mère, je t'assure. Allons, reviens gros bêta.

Un seul revers de son énorme main aurait pu lui arracher la tête, mais la fillette ne ressentait aucune frayeur en sa présence, il était comme un molosse élevé avec des enfants. Il avait toujours été là, à ses côtés, massif et lourdaud, aussi loin que sa mémoire remonte. Des voix résonnèrent dans la pièce adjacente. Celle familière de son père, grave et posée, et une autre plus aiguë qu'elle ne connaissait pas.

— Les villageois grondent, monsieur de Saint Phalle. C'est la douzième fille qui disparaît depuis le début de l'année. Je n'ai pas besoin, je présume, de vous rapporter ce qu'ils racontent à notre sujet. Si ça continue, c'est notre tête qu'ils vont demander. Il serait grand temps que vous justifiiez la réputation que l'on m'a tant vantée.

Qui était donc cet homme qui se permettait de lui parler ainsi ? Gilles de Saint Phalle, son père, était au service de la Couronne depuis plus de vingt ans et la Reine elle-même l'avait décoré de l'Ordre du Bain[1]. Bien sûr, c'était avant qu'il soit envoyé dans ce coin perdu, mais quand même ! Amandine se hissa sur la pointe des pieds pour coller l'œil au trou dans la paroi, mais l'homme à la voix aiguë lui tournait le dos. Il était petit, obèse, portait une perruque blanche qui indiquait un rang officiel et une jaquette de velours brodée. Père, qui était le plus bel homme qu'elle ait jamais vu, le dominait d'une bonne tête. Son front était tout plissé et ses yeux sombres, elle n'aimait pas le voir comme ça.

---

[1] Ordre du Bain : troisième ordre le plus important du système chevaleresque britannique.

— Honorable maire, mes hommes font tout leur possible. Mais l'assassin semble frapper au hasard. Couvrir toutes les campagnes de ce vaste comté est une tâche surhumaine. J'aurais besoin des renforts dont je vous ai fait requête.

— Vous croyez que la Reine n'a d'autres préoccupations plus importantes que le sort d'une poignée de gueux ! Si jamais elle apprend que nous ne sommes pas capables de maintenir l'ordre dans ce comté, elle aura tôt fait de nommer quelqu'un d'autre à votre place et la mienne. Cela fait six mois que ce monstre se moque de nous et tout ce que vous avez à me dire, c'est qu'il vous faut des renforts !

Un grognement sourd retentit dans son dos et la fillette se retourna pour faire signe à Victor de se taire. Son œil s'agitait follement dans son orbite.

— Tais-toi, gros balourd. Tu vas nous faire repérer.

Le colosse faisait visiblement des efforts pour se calmer, mais il ne pouvait empêcher le tremblement intérieur qui s'était emparé de lui. Il lui fit penser à la fois où Père l'avait emmenée à la chasse au marcassin et où ils étaient tombés nez à nez avec un énorme sanglier acculé par les chiens. Père lui avait dit plus tard que c'était une femelle. Peut-être avait-elle essayé de protéger ses enfants de la meute. Elle prit son énorme main dans les siennes et la serra de toutes ses petites forces.

— Calme-toi, Victor, chuchota-t-elle. Si Père nous trouve ici, c'est mon fessier qui va prendre. Et il te fera donner le bâton.

Était-ce la menace du bâton ou l'allusion à la punition qui la menaçait, toujours est-il que le gros jardinier se figea et ne fit plus un bruit. Seul son œil continua à s'agiter.

— Vous devez bien avoir une piste, reprit la voix aiguë. On dit que vous avez interrogé certains paysans…

— Effectivement. L'un d'entre eux prétend avoir vu deux hommes transportant des sacs dans la nuit, en direction du vieux lac. Là même où nous avons retrouvé la dépouille démembrée de l'une des victimes.

— Ah ! Vous a-t-il donné une description ?

— Il faisait trop sombre. L'un d'eux était paraît-il une sorte de géant. Mais il pourrait s'agir de braconniers. Nous n'avons aucune preuve qui nous permettrait…

— Des preuves ? Vous attendez d'avoir des preuves ! Vous n'êtes plus à Londres, monsieur de Saint Phalle, nos méthodes ne sont pas aussi raffinées qu'à la Cour. Ces villageois sont des brutes épaisses qui n'ont que faire des subtilités de la loi. Attrapez donc une paire d'entre eux et pendez-les. J'en connais d'ailleurs quelques-uns qui ont été particulièrement vocaux à l'encontre de mon administration, mon secrétaire vous fournira les noms. Faites un exemple qui fera réfléchir les autres. Vous connaissez le dicton, le coq qui chante le plus haut est généralement le coupable.

Gilles de Saint Phalle ne répondit pas, mais son air froissé valait toutes les paroles.

— À moins, continua le maire, que vous ne préféreriez que je prenne les choses en main. Ma fonction, voyez-vous, m'octroie certains droits exécutifs pour suppléer aux vôtres. Vous avez en votre emploi, m'a-t-on dit, un simple d'esprit qui répond à la description d'un des suspects. Un géant, dit-on. Votre inaptitude à arrêter les coupables pourrait être interprétée comme de la réticence, monsieur de Saint Phalle. Peut-être même de la complicité. En ces temps agités, nos concitoyens se réjouiraient immensément de voir balancer un noble au bout d'une corde, cela aurait sans doute plus d'effet sur leur âme simple.

— Vous m'accuseriez ? Vous n'êtes pas sérieux !

— Le suis-je, monsieur de Saint Phalle ? Le suis-je ? Ma foi, vous aurez certainement l'occasion de le découvrir si vous échouez encore dans votre tâche. Certains… sacrifices sont parfois nécessaires à l'ordre public. Sur ce, je vous souhaite le bonsoir.

Le grondement du tonnerre secoua la bibliothèque sombre. La fillette étouffa un cri. La main de Victor s'était crispée violemment sur la sienne et son sourd grognement avait repris. Elle extirpa sa main meurtrie de l'empoigne du colosse.

— Tu es impossible ! Sors vite par la petite porte. Je vais distraire Père, et tâche de ne rien renverser sur ton passage.

Le gros jardinier baissa la tête et s'en alla piteusement, le corps encore agité de soubresauts. La fillette colla l'œil au trou dans la paroi. Son père s'était assis dans le grand fauteuil sans allumer les bougies. Dehors l'orage tonnait et un éclair proche éclaira un instant son visage. Il avait les yeux ouverts et un rictus semblait déformer ses traits. Ce n'était sans doute que l'effet de lumière de la foudre. Amandine se faufila à son tour hors de sa cachette et poussa la porte du fumoir. Son père sursauta, mais son visage esquissa un sourire forcé lorsqu'il la reconnut.

— Amandine, trésor, que faites-vous là ?

— Je jouais dans le jardin, Père, mais je suis rentrée avant l'orage.

— Nounou n'est-elle pas avec vous ?

— Ne vous souvenez-vous pas ? Elle est partie quelques jours chez sa fille qui vient d'avoir un petit garçon.

— Ah, oui, c'est vrai. Mais qui veille donc sur vous ?

— Oh ! Ne vous en faites donc pas, Père. Je peux prendre soin de moi-même. Et puis, il y a toujours Victor…

— Le jardinier ? Je vous ai déjà dit de rester à l'écart. C'est un être fruste qui n'a pas toute sa tête et vous êtes maintenant une jeune… vous n'êtes plus une enfant.

— Je sais, Père. Vous vous faites trop de souci pour moi.

Elle courut se réfugier sur ses genoux et posa sa tête contre sa poitrine mâle. Il sentait bon le cuir et un autre parfum qu'elle ne pouvait identifier mais qui lui faisait un peu tourner la tête. Il passa un bras autour de sa taille et de l'autre main caressa doucement ses cheveux légèrement bouclés.

— Pauvre trésor. Je pensais qu'en venant ici nous pourrions enfin trouver la paix, soupira-t-il, mais le sort semble s'acharner sur nous où que nous allions.

— J'ai confiance en vous, Père. Je sais que vous nous protégerez toujours.

— Vous ne connaissez rien à la vie, trésor. Tous ces gens prêts à vous déchirer au moindre signe de faiblesse. Vous êtes tellement innocente.

La fillette redressa la tête.

— Je ne suis pas innocente ! Vous me traitez comme une enfant. Je suis une femme maintenant ! C'est vous-même qui le disiez il y a un instant.

La révolte de la donzelle lui arracha un pâle sourire. Elle s'extirpa de son étreinte et se planta devant lui, poings sur les hanches.

— Si vous pensez que je vais laisser ce gros lard vous faire du tort ! Vous me connaissez mal !

— De quel gros lard… ? Oh ! Je vois. M'avez-vous encore espionné ?

— Comme si tout le pays n'était pas au courant. Ce n'est pas parce que j'étudie chez les sœurs que je suis sourde. On ne parle que de ça, spécialement depuis qu'une des novices a été retrouvée débitée en morceaux dans un puits près du cimetière.

— Où donc avez-vous appris ce langage, Amandine ? Je ne tolérerai pas…

— Je peux vous aider, Père. Vous et moi, nous allons attraper ces bandits. N'est-ce pas les jours d'orage qu'ils commettent leurs méfaits ? Emmenez-moi avec vous, je ferai la proie et vous pourrez ainsi les arrêter. Ils doivent déjà être en train de rôder dans les bois ou près du vieux lac.

Le visage de son père se déforma en une grimace. Ses mains se crispèrent sur les bras du fauteuil.

— Vous êtes complètement folle, Amandine ! Allez tout de suite dans votre chambre et n'en sortez plus ! Où est madame votre mère ?

— Elle doit cuver ses liqueurs dans sa chambre, comme d'habitude, Père.

— Amandine ! Vous vous comportez comme une gamine mal élevée ! Sortez d'ici, et que je ne vous revoie plus !

La fillette tourna les talons et sortit de la pièce, tête haute. Ah ! C'était comme ça. Il allait voir ce qu'il allait voir. La traiter de gamine, elle, la future Commissaire de la Reine !

Elle grimpa les escaliers quatre à quatre et ferma la porte de sa chambre à double tour derrière elle avant de se précipiter vers la penderie. Elle en sortit une longue capeline, une besace, des allumettes, une torche et un petit couteau bien aiguisé qu'elle avait dérobé dans la cuisine. Elle avait accumulé tout un attirail pour se préparer à ses futures fonctions. Elle réfléchit un instant puis se saisit d'un rouleau de corde qui lui permettrait d'attacher les suspects. Ayant fourré tout cela dans sa besace, elle ouvrit la fenêtre, enjamba le parapet et descendit prestement le long de la gouttière, un exercice maintes fois répété lors de ses escapades.

La pluie tombait maintenant sans interruption, portée par le vent qui secouait les arbres. Elle s'enveloppa dans la capeline mais ne put allumer la torche. Elle n'avait pas pensé à cela. Heureusement, les éclairs fréquents illumineraient son chemin. Haussant les épaules, elle traversa silencieusement le jardin et s'enfonça dans les sous-bois.

***

Amandine avançait au milieu des arbres dont les longs fûts rectilignes se terminaient en une haute canopée, la protégeant de la pluie. Elle avait pu allumer la torche et le vacillement de la flamme dessinait des ombres furtives qui couraient sur le sol ou grimpaient le long des troncs luisants d'humidité. C'était plus effrayant que ne rien voir du tout, mais l'obscurité transformait les familiers sous-bois en un tout autre monde où elle n'avait plus de repères.

Un éclair déchira la nuit et la forêt se figea autour d'elle en un cri muet, révélant des formes fantastiques qui n'étaient pas là un instant plus tôt. Elle s'arrêta, le temps que ses yeux s'accoutument à nouveau à la faible lueur de la torche. Quelque chose remua dans un buisson proche. Peut-être un daim, venu chercher refuge au cœur de la forêt. Elle en voyait souvent ; comme personne ne les chassait, ils n'étaient pas farouches. Elle s'efforça de balayer de son esprit l'image de l'énorme sanglier que les chiens de son père avaient débusqué lors de la partie de chasse et reprit bravement sa route. Son but n'était plus qu'à une centaine de mètres. Une branche craqua derrière elle et elle accéléra le pas.

Elle déboucha au sortir du bois sur une plage bordée de joncs. Elle n'était plus protégée de la pluie et rabattit la capuche de sa capeline sur ses cheveux humides. Un autre éclair zigzagua à travers le ciel et le roulement du tonnerre lui parvint après quelques secondes. L'orage s'éloignait. Elle avisa la petite cahute en bois posée au bord du lac. On y accédait par un ponton branlant envahi par la mousse. Elle mit un pied dessus, précautionneusement. Le bois craqua un peu mais tint bon. Elle sourit en se remémorant les fessées que lui avait values son attirance pour le cabanon au bord de l'eau, mais ce n'était pas la curiosité qui la guidait ce soir. Elle franchit le ponton à pas rapide et poussa la porte bancale. Une fois en sécurité à l'intérieur, elle se débarrassa de la capeline mouillée, éteignit sa torche et se mit en poste à l'étroite fenêtre.

De là, elle pouvait surveiller la totalité du lac et de ses berges. Une brume légère flottait à la surface de l'eau, étouffant le bruit des gouttes. À part le frémissement des joncs sous la pluie, tout était silencieux, même les infatigables batraciens qui peuplaient généralement la nuit de leurs croassements s'étaient tus. Les brigands se manifesteraient forcément ce soir. Tous les éléments étaient réunis. Et elle serait là pour les confondre. Elle se dit qu'elle aurait dû amener quelques biscuits. L'attente pouvait être longue. Il faudrait ajouter cela à sa liste, la prochaine fois.

Un bruit la tira de sa torpeur. Elle avait dû s'assoupir un instant. Elle se frotta les yeux et jeta un coup d'œil au-dehors. La pluie s'était arrêtée et le vent avait emporté les nuages, révélant l'astre blafard de la Lune. La brume s'était évaporée et le lac était parcouru d'un filet d'argent qui pointait directement vers sa cachette. Un bruit de voix la fit sursauter. Elle vit deux formes sur le bord du lac, l'une énorme et immobile, l'autre s'agitant avec des mouvements nerveux. Ils n'étaient pas très loin et pourtant elle ne pouvait comprendre ce qu'ils disaient. Les sons rebondissaient à la surface de l'eau, déformés.

« …vu… passer… pas être loin. »

Le plus grand leva un bras en direction de la berge opposée mais l'autre secoua la tête. Il se tourna vers la cahute où elle était cachée et se mit à marcher dans cette direction. Amandine se tapit au fond de la cabane, s'accroupissant sur le plancher humide, tandis que les pas s'approchaient. Un craquement sourd, comme si le ponton allait céder sous le poids.

— Que fais-tu, abruti ? chuchota la voix maintenant proche. Attends-moi sur la berge, tu vois bien que tu es trop lourd.

Les pas s'arrêtèrent devant la porte. Une masse obscurcit la lueur de la Lune. L'homme haletait bruyamment, comme quelqu'un à bout de souffle. Elle fouilla fébrilement dans sa besace et en sortit le petit couteau tranchant. Ils ne l'auraient pas aussi facilement. La porte grinça et le couteau trembla si fort dans sa main qu'elle crut qu'elle allait le lâcher. Rassemblant son courage, elle allait s'élancer hors de sa cachette en hurlant comme une folle lorsqu'un cri inhumain déchira la nuit. Ses jambes se dérobèrent sous elle et elle s'effondra lourdement sur le sol.

Un plouf retentissant la ramena à la conscience. S'était-elle évanouie ? La porte était grande ouverte sur le lac. Elle se releva lentement. Des remous agitaient la surface de l'eau, s'éloignant en cercles concentriques. Le ponton émit un nouveau craquement à fendre l'âme et une masse énorme bloqua la porte, empêchant toute fuite. Il était encore plus gros que l'autre. Son petit couteau ne lui serait d'aucune utilité.

— Vous aviez raison, mamzelle. Tuer quelqu'un, ce n'est pas difficile.

— Victor ! Qu'est-ce que… est-ce que tu… ?

— Venez, mamzelle. Il est temps.

Elle recula vers le fond de la cabane. Père n'avait-il pas dit qu'un des assassins était un géant ? Mais Victor, son Victor, elle ne pouvait y croire !

La brute s'avança dans sa direction, tendant la main vers elle. Elle battit l'air avec son couteau et il lui sembla qu'elle avait touché la chair, mais le monstre ne cilla même pas. L'envie de lutter l'abandonna et le couteau glissa entre ses doigts sans qu'elle puisse le retenir. Que pouvait-elle faire contre un tel colosse ? Ou peut-être était-ce le sentiment d'avoir perdu le seul ami qu'elle ait eu. Le monstre s'approcha d'elle. Ses jambes étaient comme du coton, elle essaya de résister mais toute force l'avait quittée. Il la souleva sans effort et la porta hors de la cahute. Le lac était encore agité de remous. Au milieu flottait quelque chose, une masse blanche, des cheveux. Une vaguelette la souleva et elle vit que c'était une perruque. Elle lui rappela le petit homme obèse qui avait menacé Père dans le fumoir.

— Victor, je t'en supplie, je…

Elle s'arrêta net. À la lumière de la Lune, elle vit que la moitié de son visage était en sang. La partie gauche. L'endroit où s'était trouvé son œil follet n'était à présent qu'une orbite vide et sanguinolente. Ses énormes mains étaient rouges et poisseuses comme le jour où il avait égorgé le cochon. Il fouilla dans sa poche et en sortit un objet qu'elle ne reconnut pas tout de suite. Il était souillé et tout froissé.

— Votre coiffe, mamzelle. Je l'ai retrouvée. Je vous l'avais promis.

La fillette saisit la petite coiffe de ses doigts tremblants. Qu'allait-il lui faire maintenant ? Elle tenta de se débattre, mais les bras du monstre se refermèrent sur elle.

— Faut plus avoir peur, mamzelle. Victor ne laissera personne vous faire du mal.

Son visage difforme était tout près du sien. Elle vit une larme couler de son œil unique qui la regardait avec une expression qu'elle ne lui avait jamais vue. Une expression qui dissipa ses angoisses et brouilla sa propre vue de larmes.

— Que t'est-il arrivé, gros nigaud ! Est-ce… lui qui t'a fait ça ?

— Non, il n'a pas résisté, mamzelle. Ce n'était qu'un maudit trouillard. Je l'ai attaché à la vieille croix en fer, il ne remontera plus. Jamais.

— Mais ton œil…

— J'étais forcé, mamzelle. Fallait tuer le ver. Je ne pouvais plus le nourrir. Je ne voulais plus entendre sa voix dans ma tête. L'est au fond du lac maintenant, dans la bouche du maudit. J'n'aurais jamais eu la force tout seul, mais vous êtes la seule amie que j'ai. Vous n'avez plus rien à craindre, mamzelle. Plus rien à craindre du ver.

À la surface du lac, la perruque blanche s'éloignait lentement vers le rayon argenté de la Lune. Puis elle disparut. L'eau noire eut un dernier remous et se figea. Victor se mit en marche vers l'orée de la forêt, la portant délicatement dans des bras qui faisaient penser à des troncs d'arbres et pourtant étaient tendres et réconfortants. La fillette serra la coiffe sur son cœur et posa la tête contre l'épaule du colosse. Il sentait bon la terre, l'orage et le sang.

La rouille

Sheela contemplait la masse rouge sang qui envahissait progressivement la surface du lac. La tache se déployait en arc de cercle, grouillant à la surface comme une armée d'êtres minuscules, lancée à la conquête du plan d'eau pour atteindre la rive où elle se trouvait. La tache était encore loin mais il lui sembla qu'elle avait gagné du terrain depuis la dernière fois. Les nénuphars de son côté de la rive étaient toujours là et, à travers l'eau limpide, elle pouvait apercevoir les petites grenouilles vertes qui apparaissaient et disparaissaient en une brasse nonchalante. Passé la limite de la mousse rouge, par contre, rien ne bougeait. Même les libellules bleues se tenaient à distance, limitant leur ballet aérien à une dizaine de mètres de la frontière entre les deux eaux.

Sheela choisit un galet sur la grève et le lança de toutes ses forces vers le centre du lac. Le caillou heurta la surface en soulevant une gerbe d'eau claire et les remous concentriques se propagèrent rapidement à l'assaut de la mousse rougeâtre. Celle-ci recula un instant sous la poussée des vagues et Sheela pouvait presque voir les minuscules vaisseaux pirates tanguer sous la houle. Elle imaginait les microscopiques équipages s'accrochant désespérément aux cordages tandis que leurs navires se fracassaient sur la tempête qu'elle avait déchaînée. Vague après vague, les remous vinrent heurter les premières lignes, les repoussant de quelques centimètres à chaque fois. Puis les cercles faiblirent progressivement jusqu'à n'être plus que de fins rayons à la surface de l'eau, aussi impuissants contre la marée rouge que les reflets de la Lune.

Sheela resta un long moment à observer la surface de l'eau, jusqu'à ce que l'ombre vienne progressivement l'envahir. L'astre solaire avait atteint la crête des montagnes à l'ouest et disparaissait à vue d'œil.

— Il est l'heure de rentrer, mademoiselle Sheela. Ce n'est pas prudent de rester ici.

La jeune fille se tourna vers le nouvel arrivant. Depuis combien de temps était-il là ? Max pouvait, selon les circonstances, être aussi silencieux qu'un chat ou aussi bruyant que si on lui avait attaché une batterie de casseroles. Il était ce soir en mode furtif.

— J'ai fait reculer la rouille, Max.

Elle crut déceler l'ombre d'un sourire sur son visage. Peut-être. C'était difficile à dire avec lui. Il n'avait pas un jeu d'expressions très varié.

— La rouille ne recule pas, mademoiselle Sheela.

— Si, si, je t'assure. Regarde, tu vois bien, non ?

Max suivit la direction de son doigt et resta ainsi une demi-seconde, immobile, avant de se retourner vers elle.

— Je suis désolé, mademoiselle Sheela, elle a progressé de douze millimètres et quatorze microns depuis la dernière fois. Au rythme actuel, elle aura entièrement recouvert le lac d'ici deux mois, treize jours, huit heures….

Sheela laissa échapper un rugissement et d'un geste brusque envoya une poignée de graviers dans sa direction. Ils rebondirent sur lui avec un bruit de pluie sur des carreaux. Il n'avait même pas essayé de les esquiver.

— Tu m'énerves avec tes maudits calculs ! Je te dis qu'elle a reculé !

Max resta immobile un moment avant de s'incliner légèrement.

— Pardonnez-moi, mademoiselle Sheela. J'ai fait une erreur. La rouille a effectivement reculé. Il faudrait rentrer maintenant, il est tard.

Son expression n'avait pas changé. Sheela aurait parfois aimé le voir se fâcher ou se mettre en colère, mais elle ne savait même pas si c'était possible.

— Pfuut ! Tu n'es pas très drôle, Max. Et tu es une vraie poule mouillée.

Max ne répondit pas. La jeune fille haussa les épaules et se laissa reconduire à la demeure. Derrière eux, la surface du lac était embrasée dans les rayons du soleil couchant et durant un instant, il sembla que toute sa superficie avait été envahie par le feu.

***

« Pouah ! Ça a l'air dégoûtant ! »

Sheela contemplait en faisant la grimace l'assiette que Max venait de déposer devant elle.

— Mademoiselle Sheela peut être rassurée, c'est tout à fait mangeable.

Il se tenait droit comme un i à côté de la table, vêtu d'un vieux tablier de cuisine et d'une toque de chef qu'il avait dénichée Dieu sait où. Il prétendait que cela était requis pour assumer ce genre de fonctions et n'en démordait pas malgré les moqueries de la jeune fille. Celle-ci touillait du bout de sa cuillère un morceau de couleur indéfinie qui flottait dans une épaisse soupe verdâtre.

— Tu n'es pas en train d'essayer de m'empoisonner, n'est-ce pas ?

— Mademoiselle Sheela sait que c'est tout à fait impossible. Non pas que l'idée ne m'ait pas effleuré…

— Quoi ?

— C'est de l'humour, mademoiselle. Mademoiselle Sheela m'a fait remarquer hier que je n'étais pas doué pour cela. J'essaie de m'amender.

— Ce n'est pas drôle du tout ! Et ton truc, là, on dirait du vomi !

— C'est pourtant tout à fait comestible.

— Peut-être, mais il faudrait d'abord que ça ait l'air appétissant ! Tu comprends ce que c'est, appétissant ?

— Ce mot fait partie de mon vocabulaire. Il me semble néanmoins que c'est une partie négligeable, et parfois même trompeuse, des qualités nutritives…

Sheela laissa échapper un long râle.

— Pitié ! Épargne-moi tes leçons. Tiens, regarde, je mange. Mais tu pourrais quand même faire un effort… Tu as des nouvelles de Papa ?

— Aucune nouvelle information, mademoiselle Sheela. Mais je ne peux en tirer aucune conclusion. Il est sans doute hors de portée.

La jeune fille ne répondit pas. Cela faisait bientôt trois semaines qu'il était parti, la laissant seule avec cette andouille. Max n'était pas un mauvais bougre mais c'était un modèle de base, conçu pour le travail de ferme et le bétail. Pas vraiment adapté aux échanges avec les humains. Il faisait des efforts, c'est sûr, mais parfois quand il la regardait avec cet air particulier qu'il avait, Sheela se demandait s'il n'aurait pas préféré qu'elle eût été une vache.

— Il avait dit une semaine tout au plus, bougonna-t-elle. Je m'ennuie à mourir ici. Et avec ton bras foutu, tu n'es bon à rien.

Max émit un cliquettement métallique. C'était rare chez les androïdes de sa génération qui avaient été conçus pour se fondre avec la population humaine. Mais le pauvre vieux partait en pièces. Il bougea lentement les doigts de la main droite et des étincelles grésillèrent au niveau de son épaule.

— Je suis désolé, mademoiselle. J'ai bien essayé de me réparer mais il n'y a plus de pièces de rechange. Je peux néanmoins effectuer la plupart des tâches…

— Ouais, ouais, ça va. T'es pire qu'une vieille poule. Bon, en tout cas, je ne vais pas rester ici à me morfondre pendant des mois à regarder la rouille tout engloutir. Il doit forcément y avoir des endroits où nous pouvons nous réfugier, n'est-ce pas ? Je ne sais pas, en Amazonie ou quelque part. Je suis sûre que Papa va trouver quelque chose.

— C'est certain, mademoiselle Sheela. Votre père va trouver un endroit sûr.

— Ce qui est sûr, en tout cas, c'est qu'on ne va pas t'emmener, Max. Tu es vraiment inutile.

Max ne dit rien. Une chose que les hommes n'avaient jamais réussi à enseigner aux robots, c'était la notion de mortalité, de fin inéluctable qui attend tout être vivant. Certains disaient que c'était ce qui séparerait à jamais les androïdes des humains, la certitude que leur existence prendrait irrémédiablement fin un jour. Même la rouille, semblait-il, n'avait pu changer cela.

Max entreprit de débarrasser la table. Son handicap l'obligeait à faire plusieurs allers-retours pour mener la tâche à bien. Lorsqu'il eut fini la vaisselle, il se débarrassa de la toque et du tablier avant de revenir dans le salon. Sheela s'était positionnée devant la baie vitrée et regardait l'horizon.

— Je dois m'occuper du potager, à présent. Mademoiselle Sheela aura-t-elle besoin d'autre chose avant que je me retire ?

La jeune fille lui tournait le dos et ne répondit pas.

— Mademoiselle…

— J'ai entendu, gros balourd. Regarde, elle est partout.

Max se rapprocha dans un léger cliquettement. La maison était située au sommet d'un promontoire et par temps clair comme aujourd'hui, on pouvait voir des kilomètres à la ronde. À part l'enclos verdoyant qui entourait la maison et le bout du lac qui n'était pas encore atteint, où que se porte le regard, on ne voyait qu'un tapis ininterrompu de pourpre.

— On va l'arrêter, n'est-ce pas, Max ?

— Je ne sais pas, mademoiselle Sheela. La rouille… elle ne vient pas d'ici. Les scientifiques ne comprennent pas comment elle fonctionne. En fait, son vrai nom c'est *sporula martiannica*, la spore martienne. Une espèce de micro-organisme que la première expédition sur Mars a ramené il y a une dizaine d'années. Une des seules traces de vie jamais trouvée sur la planète. C'étaient des spécimens morts, fossilisés depuis des millions d'années. Personne n'aurait pu imaginer…

— C'étaient des androïdes, n'est-ce pas ? Ceux qui l'ont ramenée ?

— C'est exact. La structure biologique humaine est mal adaptée au voyage spatial. Mais je vous assure, mademoiselle Sheela, que toutes ces théories concernant une action délibérée de notre part… Je n'arrive même pas à concevoir l'idée. Il faudrait pour cela que nous ayons une conscience, des désirs… c'est tout simplement absurde.

— Et puis, la rouille vous bouffe aussi, n'est-ce pas ?

— Oui, mademoiselle. Elle absorbe tout. Même les gaz et les liquides. Elle réduit tout à l'état minéral, inerte. C'est comme si ces millions d'années d'inactivité sur Mars avaient aiguisé sa faim au-delà de toute mesure. Elle ne s'arrêtera pas tant qu'elle n'aura pas consumé votre planète.

— Arrête ! Tu n'as pas le droit de dire ça. Cette planète, c'est aussi la tienne, Max ! Papa va trouver une solution !

— Oui, bien sûr. Pardonnez-moi. Parfois, mes circuits ne fonctionnent plus correctement.

— On aurait dû te mettre à la casse il y a longtemps, oui. Et si on ne peut pas l'arrêter, il y aura toujours une Arche pour nous sauver, tu verras.

— Une Arche, mademoiselle Sheela ?

— Oui, un de ces immenses vaisseaux qui peuvent voyager…

— Je sais ce que sont les Arches, mademoiselle Sheela, mais ils ne prennent que les gens…

— Bien sûr, ils ne vont pas te prendre, idiot. Je parlais de Papa et moi.

— C'est-à-dire que mademois…

Max se tut brusquement et s'immobilisa. Il faisait cela chaque fois qu'il buggait, ce qui était de plus en plus fréquent récemment. Sheela attendit qu'il ait fini de faire ses calculs algorithmiques ou mises à jour ou elle ne savait trop quoi il faisait dans ces cas-là. Finalement il se remit en route.

— Mademoiselle Sheela aura-t-elle encore besoin de moi ?

— Non, tu peux y aller, ballot. Je me débrouillerai seule.

L'androïde sortit sans même un hochement de tête. On ne lui avait pas inculqué les bonnes manières, c'est normal, pour s'occuper des chèvres… Sheela fit pivoter son fauteuil et se dirigea dans un doux ronronnement mécanique vers la bibliothèque. Maintenant que Papa n'était pas là, pas question de se priver de ses romances préférées qui lui faisait toujours froncer les sourcils. Comme si le fait d'avoir deux jambes atrophiées allait l'empêcher de trouver l'Amour avec un grand A.

***

Dehors, Max se redressa après avoir planté une jeune pousse. Elle n'aurait pas le temps de porter ses fruits avant que la rouille n'ait envahi le jardin mais c'était ce qu'on lui avait appris à faire. Il arborait pour l'occasion un superbe chapeau de paille pour se protéger du soleil. Il n'en avait pas besoin, mais les petits détails comptent. Un vrombissement lui fit lever la tête. Un éclair de feu s'éleva lentement dans le ciel, traversant l'horizon avant de se perdre dans les nuages. Il n'y avait plus d'émissions d'actualités depuis longtemps mais les androïdes entretenaient un réseau d'informations entre eux grâce à leur radio intégrée. On disait que c'était le dernier navire à quitter la Terre, il n'y en aurait pas d'autres.

Le père de Sheela n'aurait jamais pu emmener la jeune fille. Les critères de sélection des Arches, pour ceux qui n'étaient pas immensément riches, étaient extrêmement sévères et avoir une enfant atteinte d'atrophie congénitale l'aurait définitivement disqualifié. Max pouvait comprendre qu'il ait été obligé de faire ce choix. Lui-même ne pouvait expliquer ce qu'il faisait encore là, il ne pouvait pas faire grand-chose pour elle, mais il n'avait pas été capable de l'abandonner. Peut-être parce qu'elle était, comme lui, une pièce au rebut.

La jeune pousse s'agita faiblement. Max crut d'abord qu'il ne l'avait pas enfoncée assez profondément mais il se rendit compte que ce n'était pas cela. Un léger vent venait de se lever. Le vent, c'était une mauvaise nouvelle. Les spores invisibles se répandraient plus rapidement. Il refit ses calculs en incorporant ce nouveau facteur et laissa tomber son ouvrage pour prendre le chemin menant à la maison.

Arrivé sur le perron, il se tourna une dernière fois vers le lac, là où la rouille formait comme une mousse de sang. On racontait que Mars avait autrefois abrité une puissante civilisation mais quand les premiers explorateurs étaient arrivés, ils n'avaient trouvé qu'un désert de poussière. Une poussière qui avait recouvert toute sa surface et lui avait valu le nom de Planète Rouge.

Il poussa la porte d'entrée et la referma hermétiquement derrière lui. Sheela aurait besoin de lui quand les spores atteindraient ses voies respiratoires et commenceraient leur travail de destruction. Peut-être parviendrait-il à la protéger. Encore un instant. Entretenir les jeunes pousses, même fragiles, et les défendre contre les parasites, c'était un travail qu'il connaissait bien.

Les sables de Méroé

Shana s'éveilla sous la caresse du vent. C'était un vent chaud et sec, venu du sud, chargé des senteurs du désert. Elle se leva d'un bond. Ce n'était pas un endroit pour dormir. Les lions qui erraient au pied des montagnes n'étaient pas habitués à la présence humaine. Ils n'avaient jamais connu le fer de la lance et n'hésiteraient pas un instant à l'attaquer. Elle n'était pas bien grosse mais la nourriture était rare en ces lieux. Sa tante, reine Amanitoré, lui avait cent fois répété qu'il était dangereux de s'endormir sur le chemin de la montagne sacrée mais elle avait marché, seule, toute la journée et ses forces l'avaient trahie.

Elle rassembla à la hâte son baluchon. Dans le soleil couchant, elle aperçut au loin la forme massive de son objectif mais, même en plissant les yeux, ne put discerner la silhouette du serpent de pierre qui devait la faire reine.

— Tante Ami, je ne veux pas y aller ! Je ne suis pas faite pour ça ! Tu as deux garçons et trois filles, pourquoi ne les envoies-tu pas ?

La reine haussa les sourcils.

— Ne dis pas de bêtises, Shanakasheto. Le pouvoir de la déesse serpent ne peut se transmettre qu'à une nièce, tu le sais bien. Donc, arrête de m'ennuyer avec ça. À ton âge, j'avais déjà fait le pèlerinage et mis deux enfants au monde.

— Mais je…

— Mais tu rien ! Veux-tu voir notre royaume livré aux pillards du Nord ? Veux-tu voir tes enfants mâles livrés en esclavage à ces chiens d'Égyptiens ? Nous sommes les détentrices du pouvoir divin de la déesse serpent, depuis plus de trois millénaires. Sans nous, les vents du désert auraient mille fois englouti cette cité et tous ses enfants. Nous sommes les procréatrices de ce monde et personne d'autre ne peut prétendre au pouvoir sur la vie. Veux-tu laisser notre empire aux mains d'hommes qui ne pensent qu'à boire et à se battre ?

Shana soupira de façon audible. D'ici une minute ou deux, sa tante allait lui ressortir l'histoire de la reine Candace qui, à la tête d'une armée d'éléphants, avait arrêté Alexandre le Grand et ses troupes il y a trois siècles. Toujours les mêmes vieilles histoires, probablement embellies, qui impressionnaient sans doute les enfants mais la faisaient doucement rire. Elle n'était plus la gamine crédule d'autrefois et sa tante ne semblait pas vouloir l'admettre.

— Tante Ami, j'ai d'autres trucs à faire, tu sais, qu'aller me geler à moitié nue dans le désert pour admirer un vieux roc !

Sa tante faillit briser son sceptre à tête de chacal ailé sur l'accoudoir de son trône.

— Amon me maudisse d'avoir une nièce aussi bornée que toi ! Tu vas aller te préparer tout de suite pour ton pèlerinage ou je te fais ligoter sur un âne et emmener de force !

— Pffff… si j'y vais accompagnée, ça ne compte pas.

Shana évita de justesse la délicate poterie phénicienne que sa tante venait de lancer dans sa direction et sortit en rouspétant de la salle du trône. Ça lui faisait mal aux seins de l'admettre mais la vieille avait en partie raison. Le royaume n'avait survécu aux invasions successives des Égyptiens et des Romains que par la force de volonté de ses reines. Ces empires s'étaient d'ailleurs effacés, disparus à jamais avec leurs dieux et leurs temples dans la nuit des temps, tandis que Méroé s'élevait toujours, fière reine du désert, régissant les routes qui reliaient les civilisations, riche de son or et de ses hommes dont la force surpassait celle de tous les autres. Les civilisations conduites par les hommes étaient vouées à l'autodestruction parce qu'ils ne comprendraient jamais la valeur et les secrets de la vie, cette chose fragile et merveilleuse que seules les femmes pouvaient donner.

Avait-elle bien fait de céder ? Elle n'arriverait jamais à la montagne sacrée avant la nuit, elle mourrait dans le froid nocturne du désert ou dévorée par les prédateurs, et ses os seraient répandus par le vent qui balaie inlassablement les plaines de son pays. Autrefois, paraît-il, il y avait partout des arbres pour les protéger et retenir la terre. Les champs étaient verts autour des cités et les bergers n'avaient pas à voyager pendant des jours pour trouver un peu de végétation pour leurs troupeaux. Que s'était-il donc passé ? Était-ce la punition des dieux envers son peuple, et pour quel crime atroce ? Sa tante éludait toujours ses questions en lui disant que tous les mystères lui seraient révélés lors de son pèlerinage. Eh bien, elle y était maintenant, et elle n'allait pas laisser les doigts de glace de la nuit ou quelques lions affamés lui voler ses réponses ! Elle jeta rageusement son baluchon sur l'épaule et se remit en route tandis que le soleil embrasait l'horizon, les ombres s'étirant autour d'elle tels des géants prêts à l'écraser au moindre faux pas.

Gebel Barkal, la montagne sacrée, s'élevait devant elle, un gigantesque plateau jailli au milieu du désert comme poussé par quelque force titanesque. Shana contempla le pic rocheux s'en détachant, figure légendaire de la déesse serpent, pétrifiée alors qu'elle donnait naissance au monde. Rien ne bougeait, aucun bruit sauf celui du vent sifflant entre la dépouille de la déesse et la montagne dont elle était surgie. Shana avança entre les colonnes du temple Amon, à moitié englouti par le sable. Elle devait découvrir par elle-même la porte secrète menant au sanctuaire creusé dans la montagne, là où les révélations l'attendaient. Telle était la légende, telle était la tradition.

Mais le temps, le vent et les sables du désert avaient considérablement modifié le paysage depuis l'époque où sa tante, reine du royaume de Méroé, était venue clamer son héritage divin. Certaines colonnes s'étaient abattues, des pans de mur s'étaient effondrés, la montagne elle-même avait déversé d'énormes blocs de rocher qui lui barraient le chemin. Shana, semblaient-ils dire, n'était pas la bienvenue. Un rugissement lointain résonna dans la plaine, aussitôt repris par un autre. Les lions avaient senti sa présence. Si elle ne trouvait pas un refuge, elle ferait une cible aisée pour les grands carnassiers.

Au diable la porte secrète et la crypte sacrée ! Sa seule voie de salut était de se réfugier sur le plateau, là où les lions ne pourraient jamais l'atteindre. Elle était légère et agile, ne l'appelait-on pas « la gazelle » dans le palais royal où elle avait maintes fois échappé à ses nourrices et aux gardes envoyés par sa tante quand elle refusait de prendre son bain ou d'assister à quelque mortellement ennuyeuse cérémonie ? Elle attacha son baluchon autour de son épaule et détala comme un babouin entre les pierres tombées et dans le dédale de couloirs. Les feulements s'étaient tus mais ce n'était pas pour la rassurer. Les grands fauves deviennent étrangement silencieux quand ils chassent. Arrivée à la base de la montagne, elle se mit à grimper le long de l'arête, s'accrochant à la moindre aspérité des mains et de ses pieds nus. Elle avait la peau dure, tannée par le sable et la sécheresse mais elle savait que le soleil montant ne tarderait pas à rendre la pierre brûlante sous ses doigts. Elle crut entendre des coups de griffe furieux sous elle mais se garda de se retourner. Monter, monter, répétait la petite voix dans sa tête.

Lorsqu'elle arriva enfin au sommet, elle laissa échapper un cri sauvage. C'était comme si elle avait retenu son souffle jusque-là, comme si sa poitrine avait été compressée dans un étau, comme la fois où elle avait été emportée dans les rapides du Nil, incapable de lutter contre cette force aveugle qui l'entraînait vers une mort certaine. Elle avait survécu, elle avait vaincu cette montagne, les lions qui la poursuivaient, comme elle avait échappé au fleuve, elle avait triomphé de forces qui la dépassaient ! Elle était Shanakasheto, fille spirituelle de la déesse serpent, et elle riait à la face du monde !

Son ivresse fut néanmoins de courte durée. C'était bien beau d'avoir grimpé jusqu'ici, mais qu'allait-elle faire maintenant ? Les ressources de son baluchon ne lui permettraient de survivre qu'un jour ou deux, si le soleil ne la rôtissait pas avant sur ce plateau aride. Et les lions crèveraient au pied de cette montagne plutôt qu'abandonner une proie aussi tendre qu'une jeune princesse encore nubile. Personne ne viendrait à son secours. C'était son épreuve d'initiation. Ils penseraient sans doute que la déesse ne l'avait pas jugée digne de présider au destin de son peuple. Elle allait mourir ici, une princesse disparue avant que l'histoire n'ait eu le temps de connaître son nom. Les écorchures à ses genoux lui parurent soudain moins nobles.

Au moins, se dit-elle, c'est un merveilleux point de vue pour mourir. À ses pieds, la plaine s'étendait sur des kilomètres, depuis le serpentin scintillant du Nil jusqu'aux pyramides de la cité funéraire et bien au-delà. C'était une vue à couper le souffle, un paysage grandiose que seule la main des dieux avait pu façonner. Elle se sentit soudain minuscule, pas plus grande qu'une graine de millet au milieu d'une grandeur qui la dépassait. Elle se tourna vers le Nil, source de vie, qui coulait paisiblement à quelques kilomètres de là. Les bordures du fleuve étaient plus vertes que dans son souvenir, sans doute était-ce la hauteur qui produisait cet effet-là. On pouvait presque voir les arbres centenaires qui poussaient le long du fleuve comme une oasis ininterrompue. En fait, en y regardant bien, elle pouvait effectivement voir les arbres et, autour d'eux, de minuscules silhouettes s'agitant. Des hommes. Il y avait des hommes !

Elle se leva d'un bond et se mit à crier en agitant les bras. Mais ils étaient bien trop éloignés, ils ne pouvaient la voir ni l'entendre. Les seuls à la remarquer furent les quatre lions en bas qui levèrent la tête vers elle. Elle aurait juré qu'ils se léchaient les babines. Pourtant, elle les voyait bien, ces hommes ! En fait, ils semblaient se rapprocher chaque fois qu'elle dirigeait le regard vers eux. Quelle était cette sorcellerie ? Elle se souvint alors que le grand sorcier de la reine disait que l'âme peut emprunter la forme des animaux et voyager avec eux. La proximité de la déesse et de la montagne sacrée elle-même devait lui conférer de nouveaux pouvoirs ! Elle était l'aigle des savanes, capable de s'envoler dans n'importe quelle direction et d'aller où portait son regard !

Elle resta un long moment à observer le manège des petits hommes au loin alors qu'ils semblaient s'affairer autour des grands arbres dans d'étranges cérémonials. Puis, un à un, lentement d'abord et de plus en plus vite, les grands arbres se mirent à tomber, avant d'être transportés vers le fleuve et emportés au loin. Et, aussi soudainement qu'ils étaient apparus, les hommes disparurent, laissant derrière eux la surface mise à nu, privée des racines qui maintenaient la terre fertile que le vent dispersait maintenant dans les airs pour être charriée par les eaux rouges du fleuve. L'herbe et les cultures disparurent pour ne laisser place qu'à une mer de sable où aucune vie ne pouvait croître.

Était-ce ainsi que s'éteignait son peuple, un empire plusieurs fois millénaire qui avait su résister aux invasions des plus grandes civilisations au monde ? Victimes de leur propre cupidité, de leur désir de possessions et de richesses, au point où ils dénudaient la terre qui les avait nourris et nourris leurs ancêtres, mais ne nourriraient jamais leurs fils ? Prise de panique, elle se tourna vers la grande nécropole, vers ses imposantes pyramides conçues pour défier l'éternité en chantant la gloire des illustres rois, reines et pharaons, descendants directs des dieux, qui avaient régné sur cette terre.

Mais déjà ces mêmes hommes qui avaient déboisé les rives luxuriantes du fleuve étaient à l'œuvre, démontant pierre par pierre les pyramides et les temples dans l'espoir de découvrir un trésor qui pourrait les sauver de la faim et de la misère. Bientôt, il ne resta que les pierres éparpillées que les sables du désert eurent tôt fait d'engloutir, et avec eux tout souvenir de la splendeur passée de son peuple et de ses souverains.

Elle chercha longtemps dans la plaine alentour mais partout s'étendait le même paysage de désolation et de mort. Le vent et le sable avaient tout recouvert, les temples au pied de la montagne sacrée avaient été jetés à terre et ensevelis. La mémoire même des dieux avait été oubliée, enfouie sous la seule matière qui ne nécessitait ni eau ni vie, ni espoir ni amour, et toutes ces choses enfouies à jamais sous les sables de Méroé.

Shana descendit de la montagne à la tombée du jour. Les lions avaient disparu. Ils n'avaient sans doute jamais existé, une subtile illusion tissée par la déesse serpent pour lui dévoiler les devoirs de sa charge. Elle avait le cœur lourd. Elle avait vu la mort annoncée de son peuple, de sa mémoire, et de ses dieux. Elle épaula son baluchon et se mit en route vers la cité. Elle était reine à présent.

La baie des Trépassés

C'était une nuit de tempête, de celles qui secouent la lande avec une fureur qui fait trembler les pierres, quand l'esprit de ceux perdus en mer vient frapper aux portes pour quémander de l'eau douce. La taverne perchée sur les hauteurs de la baie était la seule habitation illuminée. Là, les hommes étaient venus chercher refuge, leurs poings calleux serrés sur une chope de Lambic, le calva du pauvre, en échangeant à voix basse des histoires de naufrages et en se demandant ce que la mer aurait rejeté demain sur la grève. Cela faisait trois jours maintenant que le vent soufflait et les tempêtes de cette sorte laissaient toujours un signe inaltérable de leur passage. Parfois des vies que l'on pleurait, parfois des trésors venus de pays lointains dans les cales de navires qu'on ne voyait jamais.

— Malestou ! s'écria le vieil homme assis à l'écart au fond de la pièce enfumée, c'est encore la faute du Professeur ! Je vous le dis, toutes ces expériences au service du Cornu, c'est lui qui attire la mort sur le village ! Je vous le dis !

Le Bolzec était aussi vieux que la plus vieille pierre de l'église (certains disaient même qu'il ne mourrait jamais) et les gens avaient depuis longtemps cessé de prêter attention à ses incessantes jérémiades. On plaignait la pauvre Louane, veuve de son dernier descendant, à qui était échue la tâche de s'occuper du vieux fou. Une gentille fille, la Louane, experte à repriser les filets et bonne aux fourneaux. Bien des gars l'auraient mariée si elle avait eu pour dot autre chose que ce vieillard avare et sénile. Les femmes étaient de plus en plus rares ici, préférant la ville et les belles manières à la vie austère de ce village de pêcheurs, ignoré du monde et de tous.

Les hommes reprirent leurs messes basses, la tête rentrée dans les épaules. La chaleur procurée par l'eau de vie valait bien celle de leur cheminée et, par ce temps, mieux valait rester en groupe pour résister à l'appel des damnés qui hurlaient dans le vent enragé. La porte s'ouvrit soudain, comme sous l'effet d'une bourrasque, et une forme immense, dégoulinante d'eau et de varech, fit son irruption dans la taverne sombre. Ignorant les regards tournés vers lui, l'homme se dirigea d'un pas mal assuré vers le comptoir. Le patron s'empressa de lui verser un verre.

— Morbleu, le Mohec, on dirait que tu as rencontré l'Ankou[2] !

Gaël le Mohec ne répondit pas et avala le verre de Lambic d'un trait. Il était grand, près de deux mètres, les cheveux roux et le menton volontaire. Ses vêtements couverts d'algues lui donnaient un air de cétacé échoué sur la grève.

— Nom d'une pipe, reprit le tavernier, j'ai cru un moment... Que t'est-il arrivé ?

L'homme secoua une fois de plus la tête et tendit son verre. Malgré sa taille et sa corpulence, il tremblait comme une feuille sous le vent. Le patron le resservit sans un mot. Mieux valait ne pas le contrarier, peut-être était-il après tout un de ces noyés venus quérir vengeance. Les hommes s'étaient assemblés en demi-cercle autour de lui, à une distance respectable.

---

[2] L'*Ankou* (en breton an *Ankoù*) est la personnification de la mort en Basse-Bretagne, son serviteur.

— C'est bien toi, le Mohec ? demanda le plus téméraire d'entre eux.

L'homme vida son verre et le reposa avec un claquement sur le comptoir pour empêcher sa main de trembler.

— Bien sûr que c'est moi, Jilou. J'ai bien cru que le Diable allait m'emporter sur ses cornes cette fois-ci. Les vagues étaient si profondes qu'on voyait la pointe des cent cathédrales d'Ys !

Un coup de tonnerre ponctua ses derniers mots, éteignant les murmures de l'assemblée. Ils se signèrent tous comme un seul homme.

— Tu n'es quand même pas sorti pêcher ? s'exclama le Jilou. Il n'y a que la bag-noz, la barque des morts, qui voyage par ce temps !

— Je n'avais pas le choix, la petite a la fièvre. Cela fait trois jours que ça souffle et si je ne ramène pas de poisson, je ne pourrai pas payer le docteur.

Un cri d'effroi s'éleva du chœur des marins. Le tavernier en profita pour remplir les verres à la ronde. Toutes ces émotions, ça vous assèche la gorge.

— C'est de la folie pure, le Mohec. Comment pourras-tu soigner ta fille si tu gis au fond des eaux avec le varech pour linceul ?

— Je ne pouvais pas la laisser mourir. Elle m'est plus chère que tout.

— Fadaises ! Tu n'avais qu'à nous en parler. Nous nous serions cotisés.

Le gaillard secoua la tête.

— Où auriez-vous trouvé cent sous pour faire venir le docteur ? Sans compter les médicaments…

Le Jilou prit les hommes à parti mais ceux-ci détournèrent le regard. Bien sûr, ils l'aimaient bien la petite, mais ils avaient eux aussi des bouches à nourrir. Cent sous, c'était une somme.

— Faudrait peut-être demander au Professeur, suggéra une voix. Il doit bien en avoir de l'argent, avec cette grande demeure et ses domestiques. Cent sous, ce n'est rien pour du beau monde comme lui.

— Je n'oserai jamais…

— Trêve de fariboles ! s'écria le tavernier, gagné par l'ivresse générale. Il ne va pas la laisser mourir, ta petite. Nous allons t'accompagner. Allez, vous autres, enfilez vos cirés. Un dernier verre pour le froid et en route ! Nous passerons par l'église quérir les femmes et le bedeau.

Gaël le Mohec balbutia quelques mots qui furent noyés dans la cohue générale. Les hommes, saisissant les torches au mur, s'engouffraient déjà dans le vent glacial, poussant le géant devant eux. En un clin d'œil, la taverne se vida, il ne restait que le vieux Bolzec à qui l'on avait laissé une bougie et qui caquetait encore des imprécations dans son coin.

— Courez, courez, bande de fous. Le Cornu saura toujours vous rattraper.

***

La petite Manon était à la fenêtre, serrant contre elle sa poupée de chiffon. Partagée entre la curiosité et l'effroi, elle attendait en frémissant qu'un autre éclair vienne déchirer le ciel avant de se réfugier sous le lit pour laisser passer le tonnerre. Un zigzag de lumière bleue éclaira un instant la mer en furie, révélant les chevaux d'écume qui tiraient la barque de la Reine des Eaux. Elle resta figée, comptant les secondes, retardant le moment où il lui faudrait courir se mettre à l'abri quand elle crut soudain voir un serpent de feu, avançant sur la lande. Déjà le premier roulement retentissait au loin mais elle n'osa se détacher du spectacle de peur que la bête ne disparaisse en son absence. Les vitres vibrèrent sous l'explosion. La petite laissa échapper un long cri et partit en courant.

— Oncle Septimus ! Oncle Septimus ! Un serpent !

Le vieil homme leva le nez de ses éprouvettes.

— Manon, je t'ai déjà dit de ne pas…

Avant qu'il ait pu finir sa phrase, la fillette avait traversé le laboratoire comme un boulet de canon et s'était précipitée dans ses bras.

— Un serpent, grand-oncle. Un grand serpent de feu. Je l'ai vu, et ma poupée aussi.

Elle tremblait contre lui mais il ne sut dire si c'était de froid ou d'excitation. Elle leva l'objet de chiffon vers lui comme un témoin muet. Voyant que le vieil homme ne réagissait pas, elle le prit par la main et entreprit de le tirer derrière elle.

— Venez voir, grand-oncle. Il avance vers la maison. Je le jure.

Le vieil homme grommela mais suivit docilement. Il savait par expérience que résister ne ferait qu'empirer les choses. Les femmes et les enfants étaient une calamité dont il avait jusqu'ici soigneusement évité de s'embarrasser, un fardeau qui n'aurait fait que l'éloigner de ses recherches.

— Je ne vois rien, dit-il une fois arrivé à la fenêtre.

— C'est parce que vous avez toujours vos lunettes ! Regardez, là, sur la lande.

Le vieil homme releva les verres épais. Son visage vira au gris et il laissa échapper un juron.

— Je vous l'avais bien dit. Vous le voyez aussi ?

— Je le vois, Manon, je le vois.

— Qu'est-ce qu'il veut ? Vous croyez qu'il vient pour nous ?

Ce n'était pas un serpent, c'était quelque chose de bien plus terrible. Le vieil homme pouvait à présent discerner la silhouette du bedeau, agitant devant lui son encensoir, et le cortège d'hommes et de femmes qui agitaient leurs torches en avançant. Septimus avait redouté ce moment. Les fous ! Ne comprenaient-ils donc pas ? Il était si proche du but… Le vieil homme se secoua de sa torpeur.

— Il ne faut pas rester ici, Manon. Cette… chose… elle nous veut du mal. Viens, suis-moi.

— Mais grand-oncle…

— Pas de caprice, Manon, ce n'est pas le moment.

Il saisit la petite par le bras et la traîna sans ménagement à travers le grand laboratoire.

— Grand-oncle, arrêtez ! Vous me faites mal !

Le vieil homme s'arrêta brusquement.

— Qu'as-tu dit ?

La fillette ne répondit pas. Elle se massait le bras, les yeux embués par les larmes.

— Tu pleures ? Mon Dieu, c'est un miracle !

Il oublia la foule endiablée qui se dirigeait vers le manoir et, tout à l'ivresse du moment, se mit à danser, entraînant la petite Manon dans sa gigue. Son humeur joyeuse ne tarda pas à gagner la fillette qui sécha ses larmes et se mit à tourner autour de lui en poussant des cris aigus. Une série de coups à la porte interrompit leur folle cavalcade. Septimus s'arrêta net, posa un doigt sur sa bouche, et prenant cette fois délicatement la main de la fillette, la conduisit vers un arrière-cabinet où il l'enferma.

***

La procession impromptue s'arrêta au pied du vieux manoir et les vives discussions qui avaient alimenté la longue montée s'éteignirent rapidement. Si le professeur avait pu racheter la propriété pour une bouchée de pain, c'est qu'aucune personne de bon sens n'aurait voulu habiter ici. L'ancien parc était à l'abandon, les pierres du chemin envahies par la mousse et la fontaine remplie d'une eau noire et nauséabonde. La maison du maudit, on l'appelait et si nul ne se souvenait d'où lui venait ce nom, son aspect sinistre et son isolement étaient ample preuve de la malédiction qui pesait sur elle. La foule se pressa frileusement autour du bedeau en espérant que son encensoir sache tenir les démons à distance. Ce fut le tavernier qu'on poussa vers la porte, flanqué de Gaël le Mohec et de cette andouille de Jilou. Après tout, c'était leur idée.

Gaël souleva le heurtoir de métal et le laissa retomber trois fois contre la porte. La tête-de-loup qui ornait l'anneau le contempla de ses yeux vides pendant que le bruit de ses coups se répercutait dans l'immense demeure. Il aurait préféré affronter la mer déchaînée plutôt que se trouver ici mais il n'avait pas eu le choix. Il n'avait jamais rencontré le Professeur. C'était un homme discret qui ne sortait jamais de sa propriété, et la servante du manoir était une pauvre muette qui ne venait au village que pour faire les courses. Il allait frapper une dernière fois lorsque la lourde porte de bois s'ouvrit. Un petit homme à barbiche et lunettes épaisses se tenait dans l'encadrement.

— Que voulez-vous ? demanda-t-il sans aménité.

Il n'était pas bien épais. Gaël aurait pu lui briser le cou d'un revers de la main. Pourtant il fut incapable de prononcer un mot. Ce fut le tavernier, qui avait vécu à la ville et connaissait les manières du beau monde, qui prit la parole.

— Veuillez nous excuser, Professeur, de vous importuner à cette heure tardive mais il s'agit d'un cas de force majeure. Il est de toute urgence que vous puissiez nous accorder quelques minutes de votre temps.

Le vieil homme hésita, jetant un regard inquiet sur la foule amassée dans la cour du manoir.

— Oh ! Ne vous inquiétez pas pour eux, Professeur. Ce sont de braves gens qui nous ont accompagnés. Ils attendront dehors. Je vous supplie, pour l'amour de notre Seigneur, de nous recevoir et d'entendre notre requête.

Les trois hommes furent soulagés de constater que le Professeur ne s'était pas recroquevillé en un tas de cendres à l'évocation divine. Les rumeurs à son sujet n'étaient sans doute que des ragots de vieilles femmes. Quant au Bolzec et à ses menaces…

Le vieil homme laissa échapper un soupir avant d'ouvrir la porte en grand.

— Juste une minute alors. Je suis très occupé, vous comprenez.

Les trois hommes avancèrent prudemment dans le hall et le suivirent jusqu'au grand salon où une large cheminée diffusait une chaleur bienvenue.

— Je ne peux rien vous offrir, s'excusa le Professeur, ma servante est absente et je ne sais pas où elle range les choses.

Les marins secouèrent la tête, trop impressionnés par les lieux pour se plaindre. C'était immense, bien plus grand que l'église du village. Le plus étonnant, c'était l'assemblage hétéroclite de machines et d'objets inconnus qui occupaient les moindres recoins de la pièce. Le salon était illuminé par des chandelles dont la flamme vacillait à peine, semblant immobile. Le

Jilou avança la main vers l'une d'elles et sursauta en poussant un cri.

— Cette chose m'a mordu !

— Pas plus qu'une flamme ne l'aurait fait, jeune homme. Messieurs, je vous prierai de ne toucher à rien. Certains de ces appareils sont très fragiles. D'autres, comme votre ami en a fait l'expérience, peuvent… mordre, en effet.

— Quelle est cette sorcellerie… intervint le tavernier en s'avançant vers le feu. Les flammes ne bougent pas !

— Cela n'a rien à voir avec la sorcellerie, mon ami. Un simple effet de coaxialité temporelle. Peut-être êtes-vous familiers avec les travaux de Hooke et Huygens sur les phénomènes ondulatoires de la lumière ? Non, bien sûr. Ce n'est d'ailleurs pas une grande perte, leurs théories laissent à désirer. La lumière, voyez-vous, se déplaçant à une vitesse pratiquement infinie, génère son propre champ de force qui peut être, en quelque sorte, courbé sur lui-même, se répercutant ainsi *ad perpetuum* dans sa propre énergie. Il suffisait d'isoler la longueur d'onde qui l'empêcherait de se disperser. Assez simple en fait. Une découverte de jeunesse. Mais vous étiez venus me demander quelque chose ?

Les trois hommes s'étaient réfugiés au centre de la pièce, aussi loin que possible des inventions démoniaques qui les entouraient. Le Jilou donna un coup de coude au tavernier qui se racla longuement la gorge avant de pouvoir conter les malheurs s'abattant sur le pauvre Gaël. Le professeur l'écouta en tirant sur sa barbiche.

— C'est bien triste en effet, dit-il finalement, mais je ne vois pas en quoi… Je ne suis pas médecin. Ma spécialité, voyez-vous, est plutôt du domaine de la transgénèse, du croisement des espèces si vous préférez. Un sujet passionnant. J'ai bien étudié l'anatomie, mais c'était sur des cadavres, vous comprenez.

Un souffle glacé traversa la pièce. Le Jilou se signa discrètement. Des cadavres ! Peut-être en gardait-il dans les caves de la demeure. À moins qu'il n'en ait besoin de frais !

— C'est-à-dire, balbutia le tavernier, si notre ami Gaël avait cent sous, il pourrait faire venir le médecin de la ville. Nous pensions que peut-être…

— Ah ! Je vois. Bien sûr, bien sûr. Une petite fille, dites-vous. Attendez-moi ici un instant. Et ne touchez surtout à rien.

Le Professeur disparut, les laissant seuls au milieu des machines infernales. Les secondes s'écoulèrent, chacune paraissant durer un siècle. Soudain, le Jilou poussa un cri.

— Ça a bougé !

— De quoi… ?

— Là ! Dans le bocal ! Ça bouge, regardez !

Ses deux compères suivirent son doigt pointant vers une large cloche de verre dans laquelle flottait une espèce de créature à grosse tête qui ne ressemblait à rien de connu. C'était de la taille d'un nouveau-né mais la fine queue recourbée n'avait rien d'humain. Soudain ils virent ses minuscules doigts s'ouvrir et se serrer.

Ils laissèrent échapper un cri. Au même moment, une porte au fond de la salle s'entrouvrit pour laisser passer une créature qui les contemplait de ses grands yeux. Elle les gratifia d'un grand sourire.

— Bonjour ! Vous êtes des amis de grand-oncle ?

Ils se précipitèrent comme un seul homme vers la sortie, se tirant les habits pour être le premier à franchir la porte et déboulèrent au milieu de l'assemblée en criant au Diable, avant de détaler comme des possédés dans la lande. Si la mer ne les avait arrêtés, ils courraient sans doute encore.

Lorsque le Professeur revint avec la bourse d'argent, les trois hommes avaient disparu. Seule la fillette était dans la pièce, l'air perplexe.

— Où sont-ils donc passés ? Manon, tu n'as pas… ?

— Je suis désolée, grand-oncle. J'étais curieuse. Ils n'avaient pas l'air bien méchants.

— Ce n'est pas la méchanceté qu'il faut craindre, mon ange. L'ignorance est bien plus terrible.

— Pourquoi sont-ils partis ? Je n'ai même pas eu le temps de leur montrer ma poupée.

Des coups violents ébranlèrent la porte mais le Professeur, absorbé dans ses pensées, ne parut pas les entendre.

— Manon… tout à l'heure…

La fillette le fixa de ses yeux en amande.

— Tout à l'heure, tu as dit que je te faisais mal. Mais tu sais bien que c'est impossible. Et tu as versé des larmes… C'est la première fois.

— Je sais, oncle Septimus. C'était étrange. Je vous avais fâché et c'était comme si quelque chose s'était déchiré en moi. C'était mal ?

Le vieil homme sourit.

— Non, ce n'était pas mal, mon ange. C'était la plus belle chose que j'aie jamais vue.

Il l'accueillit dans ses bras. La peau de la fillette était froide et dure mais elle lui permettrait de survivre dans des environnements bien plus hostiles que ceux que l'on trouvait sur cette planète. Ces fous prétentieux disaient que Dieu les avait créés à son image. Mais le corps humain était une chose fragile, à peine apte à exister sur une infime partie de son propre monde. La moindre variation de pression, de température ou d'atmosphère décimerait leur espèce sans espoir de refuge. L'homme, tel qu'il existait, ne pourrait jamais s'aventurer dans les étoiles ni même dans les profondeurs de ses propres océans pour plus qu'un infime instant, enfermé dans des caissons hermétiques d'où il ne pourrait que contempler impuissant une nature qui le dépassait et l'écraserait comme un ver s'il osait se mesurer à elle. L'homme était une espèce périssable, condamnée. Dans cinq cents ans, mille ans au plus, il aurait épuisé les terres arables, empoisonné son propre air, pollué les océans de ses déchets et il disparaîtrait, tel un grain de sable emporté dans l'immensité de l'univers. Oublié.

Le temps viendrait bientôt de laisser la place à une autre espèce, une espèce mieux adaptée, plus coriace. Une espèce nouvelle qui serait capable de conquérir la Terre entière et les mondes qui l'entourent. Ces fous aveugles ne pourraient jamais comprendre la portée de son œuvre.

Les coups avaient redoublé de violence et de la nuit montaient des cris de fureur. Une torche fut projetée à travers les vitres du salon, puis une autre, atterrissant au milieu des appareils qui encombraient la pièce et qui s'enflammèrent aussitôt. Les fous ! Le feu ne pouvait rien contre elle. Il était trop tard. Son seul regret était de ne pas assister à sa prochaine mue, quand elle émergerait sous sa forme adulte et androgyne, prête à répandre son espèce à travers ce monde et les autres. Elle venait de prouver qu'elle était capable d'émotions, de discerner le bien et le mal. Son œuvre était accomplie. Après toutes ces années…

Une épaisse fumée envahit la pièce et il serra contre lui la créature qui se mit à lui caresser la joue de sa langue fourchue.

***

Il ne restait, au matin, qu'un amas de ruines noires et fumantes de la grande demeure. La plupart des villageois étaient rentrés chez eux mais quelques-uns s'étaient attardés dans l'espoir d'apercevoir le Malin lorsqu'il jaillirait en hurlant du tas de cendres. Rien de tel ne s'étant produit, ils se résignèrent à prendre le chemin du village aux premières lueurs de l'aube. La tempête était passée. La mer s'était retirée au loin, c'était l'époque des grandes marées. Une légère brume flottait à la surface de la baie, dissimulant les croix des cathédrales de la cité engloutie d'Ys, l'Orgueilleuse, pointant dans le brouillard comme un cimetière au milieu de la mer. Dernier vestige d'une civilisation perdue, passée dans la légende.

L'endroit était désert lorsqu'elle se dressa au milieu des ruines, les rayons du soleil se reflétant sur ses écailles durcies par le feu. Elle déploya ses ailes et s'élança dans le ciel, tel un ange de métal doré, tourna trois fois autour de la pointe déchiquetée avant de se diriger vers la mer. Là, elle plongea dans la nappe de brume et disparut dans les profondeurs de l'océan. Son heure n'était pas encore venue. Il lui fallait encore attendre. Un bref instant. Le temps que les voix des hommes se soient éteintes.

La porte bleue

L'ombre striée des palmiers se balançait doucement, laissant filtrer les rayons de soleil qui couraient sur le sable en faisant scintiller les cristaux de sel. La brise caressant les vaguelettes émeraude apportait une fraîcheur marine. Sybille soupira, referma le roman et le laissa choir à ses côtés. Aussitôt, la couverture du livre fut remplacée par une autre puis, comme elle ne réagissait pas, par une autre encore. Elle ignora les appels que l'objet lui lançait. Elle en avait assez de ces histoires d'amours impossibles. La couverture changea à nouveau, Sybille bondit hors du hamac et décocha au livre un coup de pied qui le projeta vers la plage. Junior, qui jouait à faire des pâtés de sable, leva sa bouille vers elle d'un air curieux.

— Salut ! T'aimes pas ton livre ? Moi, je viens d'en lire un super !

Camille était apparue d'on ne sait où, comme elle le faisait toujours. Elle portait un T-shirt, un short et des tongs, comme elle. Elle n'avait qu'un an de plus que Sybille mais avait un avis sur tout et semblait tout connaître. Collante, mais c'était la seule « copine » que le forfait permettait. La nouvelle venue ramassa le livre, en secoua le sable et se mit à feuilleter le catalogue de couvertures.

— Tiens. « Désirs éternels », une fille pauvre qui rencontre…

— J'ai pas envie, Camille. J'en ai ma claque de ces histoires.

— Toutes les filles en sont folles, Sybille. Elles ne parlent que de ça !

— Il n'y a pas un seul garçon de mon âge à la ronde. Ça sert à quoi de me tourmenter avec ces romances ?

— T'es folle ! Tu n'as pas l'âge et puis, les garçons… c'est plein de germes ! Brrrr ! Tu m'as foutu la chair de poule. T'as de drôles d'idées parfois.

— Ouais, c'est ce que disent toujours mes parents. Trop jeune pour rencontrer des garçons mais assez vieille pour me farcir la tête avec ces histoires d'amour.

Camille hésita, puis son sourire refit rapidement surface.

— Regarde ! Il est à moitié prix ! Une super occase !

Sybille haussa les épaules et se mit à marcher en direction de l'entrelacs de végétation qui entourait la plage. Camille revint à la charge.

— Tu as vu ? Ils viennent d'annoncer qu'ils vont en faire un film… attends, où vas-tu ?

— J'sais pas. J'ai envie de marcher.

— Tu ne peux pas aller par là, c'est dangereux !

— Pourquoi, tu y es déjà allée ?

— T'es barge ! Pourquoi voudrais-tu que j'aille me balader au milieu des serpents, des tigres et je ne sais quoi !

Sybille s'arrêta au pied du mur de végétation.

— Ce sont des bobards, Camille. J'y suis allée, tu sais. Il y a un chemin. Il faut juste que je retrouve l'entrée…

— Ouais, ben moi, je préfère un bon bouquin d'aventure. Tiens, « L'île aux dragons », justement, il y a…

Sybille ne l'écoutait plus. Elle cherchait à se souvenir de la route qu'elle avait empruntée la dernière fois. Il y avait un vieux manguier qui faisait comme un parasol et, derrière, un tapis de fougères. Elle avait suivi le chemin avant d'être arrêtée par une porte. Une porte bleue.

— Une porte bleue ! Ça n'existe pas !

Sybille se retourna. Son amie était juste derrière elle, les yeux grands ouverts comme si elle avait vu un fantôme.

— Tu écoutes mes pensées ?

— Jamais de la vie ! Tu parlais toute seule. C'est quoi cette histoire de porte bleue ?

Sybille pointa vers la jungle.

— C'est par là. Tout au bout du sentier. Mais je ne trouve plus l'entrée. On dirait que l'endroit a changé. Papa a dû bidouiller les réglages.

Sa copine se fendit d'un sourire apitoyé.

— T'as dû rêver, ma vieille. Viens, on retourne à la plage. Si t'as pas envie de lire, on va consulter les catalogues de maillots, trouver un truc sexy. Ils livrent dans les trois minutes et il y a une promotion…

Sybille haussa les épaules et se laissa reconduire vers la mer émeraude. Sur la plage, Junior avait été rejoint par un « copain » qui lui faisait l'article pour un nouveau type de cerf-volant. Sur le porche de leur bungalow, sa mère et une « amie » consultaient un catalogue d'articles de beauté en riant comme des gamines.

***

La famille était réunie autour du dîner dans le salon donnant sur la mer émeraude. Sybille, ses parents, Junior et sa sœur aînée qui ne venait plus en vacances avec eux mais qu'on voyait souvent au moment du repas. C'était la seule qui ne mangeait pas parce qu'elle n'était pas vraiment là.

— Alors, comment se passent vos vacances ? demanda monsieur Martin.

La grande sœur caressa son ventre arrondi.

— Tout va très bien, papa. Marc et moi passons une semaine à la neige et une semaine en bord de mer, en alternance. Il paraît que c'est bon pour le bébé.

Madame Martin baissa le volume de la soupière automatique qui vantait les avantages d'une nouvelle marque de potage.

— Ce n'est pas trop dur, tous ces changements ?

— Non, maman. Notre agence de voyages est absolument formidable. Nous avons un forfait qui nous permet d'alterner deux destinations pour le prix d'une. Et puis ce sont des environnements autonomes, il n'y a pas d'entretien. Un coup de balai de temps en temps, c'est tout.

Madame Martin soupira.

— Tu nous manques, chérie. J'aimerais pouvoir être là quand le bébé…

— Ne t'inquiète pas, maman. Tout le monde est formidable ici. J'ai une « amie » qui m'aide à choisir ce qu'il faut acheter.

— On n'est pas inquiets, ma fille, coupa monsieur Martin. Bon, j'ai deux mots à dire à ta sœur, on se voit demain.

L'aînée leur envoya un baiser avant que son corps ne vacille et disparaisse. Madame emmena Junior se coucher. Sybille resta seule avec son père. Le soleil couchant illuminait la pièce de feux mordorés.

— Alors, c'est quoi cette histoire de porte bleue, Syb ?

— Comment… qui t'a dit… ?

— L'agence m'a vidéophoné. Il paraît que tu en as parlé à ta « copine ».

Elle se mordit la lèvre. Cette sale cafteuse de Camille. Son père prit un air peiné.

— Qu'est-ce qui t'a pris d'aller inventer cette histoire ? Tu n'es pas heureuse ici ?

— Bien sûr, papa. C'est juste que…

— Dis-moi une chose, une seule chose que nous t'avons refusée. Ta mère et moi nous plions en quatre pour te fournir les meilleures vacances possibles, pour t'acheter tout ce dont tu as besoin et plein de trucs qui ne servent à rien, et toi…

Sybille avait du mal à retenir ses larmes.

— Je suis désolée, papa. Je ne voulais pas…

— Tu ne voulais pas, tu ne voulais pas ! Qu'est-ce que tu veux, exactement ?

— Je ne sais pas. J'aimerais… voir autre chose, rencontrer de vrais gens, voir le monde.

Son père se leva d'un bond et saisit la télécommande. La pièce se remplit instantanément de gens, d'animaux, de paysages. Il zappait si rapidement que les images se télescopaient dans le salon.

— Le voici le monde, regarde. Tu n'as pas besoin de bouger de ta chaise ni d'attraper des microbes je ne sais où. Tu es en sécurité ici, on s'occupe de toi, tu vis dans un environnement parfaitement étudié qui nous coûte une fortune. Que veux-tu de plus ?

Sybille baissa la tête.

— Ce n'est pas réel, papa. Ce ne sont que des… images !

Son père allait répliquer lorsque la sonnette d'entrée retentit. C'était le « voisin ». Il les salua, entra et s'arrêta un milieu de la pièce, stupéfait.

— Vous n'avez pas le dernier téléviseur DIMAX multisensoriel ?

Son père en resta bouche bée.

— C'est-à-dire… non, ce n'est pas dans notre forfait. C'est assez coûteux et je ne sais pas si…

— Allons donc ! C'est la période des soldes ! Et vous pouvez bénéficier de facilités de paiement. Non, vraiment, vous n'allez quand même pas priver vos enfants de la dernière technologie pour économiser trois sous ? Pas étonnant qu'ils partent en… enfin, vous me comprenez.

Sybille ne voulut pas entendre la suite. Elle savait déjà comment ça se terminerait. Elle courut dans sa chambre et s'y enferma.

***

La nuit était noire, sans étoiles. La mer dansait dans les reflets de la lune. La température était fraîche, mais pas trop. Juste ce qu'il fallait. On aurait dit un tableau, ou une carte postale. Sybille dirigea le faisceau de sa lampe vers la jungle. Le faîte du vieux manguier était clairement visible, peut-être n'apparaissait-il qu'après le coucher du soleil. À son pied, elle retrouva le sentier s'enfonçant au milieu des fougères. Elle se retourna. Personne ne la suivait. Où qu'elle soit, elle était toujours certaine de les voir apparaître, silencieux comme des fantômes. Camille n'était que la dernière d'une longue liste d'ombres qui ne cessaient de la suivre d'aussi loin que remontaient ses souvenirs. On les voyait rarement la nuit. C'était sa chance. Il n'y en aurait sans doute pas d'autres depuis que son secret avait été découvert.

Elle avança sur le sentier au milieu des fougères. La nuit était peuplée de cris d'animaux invisibles qui se taisaient à son approche. Elle serra bravement les poings et continua d'avancer. Au bout du chemin se dressait la porte, bleue comme dans son souvenir. Elle posa sa main sur le loquet doré et poussa. À travers l'ouverture, tout ce qu'elle put voir était un épais brouillard baignant dans une lueur blanche. Elle avança. La porte se referma sans bruit derrière elle et disparut comme si elle n'avait jamais existé. Les animaux reprirent leurs cris un instant interrompus.

***

Les Martin étaient, comme chaque soir, réunis autour de la table pour le repas. Le père, la mère, Junior et l'aînée qui ne mangeait jamais. Il y avait une chaise vide. Attendaient-ils un visiteur ? Ils étaient en train de discuter du nouveau téléviseur lorsqu'on sonna à la porte. C'était la « voisine ». Elle tenait un nourrisson dans les bras. Elle était radieuse.

— Excusez-moi de vous déranger. Je voulais vous présenter mon petit dernier.

Madame Martin ne se souvenait pas de l'avoir vue enceinte mais il est vrai que chez certaines femmes, la grossesse se remarquait à peine. Elle se leva pour observer le nouveau-né.

— Mon Dieu ! Il est tellement mignon.

— C'est notre troisième. Je n'ai jamais été aussi heureuse. Deux enfants, ça se chamaille sans cesse. Le troisième est une véritable bénédiction. Mon mari et moi n'avons jamais éprouvé une telle joie. Vous n'en avez que deux vous-même ?

— C'est exact. Junior et notre aînée, qui est mariée maintenant.

— Mais vous avez loué un bungalow pour quatre personnes ! Ce serait idiot de ne pas en profiter. Vous devriez faire un troisième enfant, vous savez. Vous accumuleriez plus de points de consommation, suffisamment sans doute pour rester ici toute l'année !

Madame Martin hocha la tête. Elle n'y avait jamais songé. Elle sentait bien qu'il lui manquait quelque chose, mais elle ne savait pas trop quoi. C'était comme cette chaise vide, personne ne se souvenait pourquoi elle était là. Depuis que leur aînée ne prenait plus ses vacances avec eux, il est vrai qu'ils perdaient des points. C'était injuste. Le bungalow était assez grand pour quatre et ils étaient encore jeunes.

Elle se tourna vers son mari et leurs yeux se rencontrèrent. Ils n'eurent pas besoin de parler. La « voisine » avait raison, un troisième enfant était juste ce qui manquait à leur bonheur. Une fille. Elle savait déjà comment elle l'appellerait.

Au loin, tout au fond de la jungle, une minuscule lueur bleue brilla doucement. Ce n'était qu'un point pour l'instant, peut-être un simple reflet du soleil sur un bout de verre coloré.

La cité des ombres

Le vieil homme était assis sur la véranda, immobile, les yeux clos, les rayons obliques du soleil dessinant d'étranges hiéroglyphes sur son visage desséché. Il n'avait plus guère que la peau et les os et, si ce n'était pour les faibles spasmes qui agitaient sa main de temps à autre, on aurait dit une des momies racornies de la Cave aux Esprits.

À quelques mètres de là, la petite Luhyana jouait dans le sable, alignant des cailloux de couleur dans des schémas toujours changeants. La main du vieux bougea à nouveau et son doigt se détacha légèrement du fauteuil à bascule, comme s'il désignait les montagnes au loin. Ou peut-être était-ce le vent du désert qui le faisait trembler. La fillette leva la tête.

— Qu'y a-t-il, Grandpa ?

Elle ramassa ses précieux cailloux et vint s'asseoir à ses pieds. Grandpa était aussi vieux et rugueux que cette terre, il lui faisait penser à ces arbres pétrifiés qui émaillent le désert, se dressant, majestueux et solitaires, comme pour abriter les voyageurs égarés. Elle aimait son odeur, un mélange de pierre chaude et de bois sec. Elle guetta un autre geste de sa part, un signe, mais le vieillard ne bougea plus, comme si ce simple effort l'avait épuisé. Un oiseau passa dans le ciel, laissant échapper un cri que l'écho amplifia un moment avant de s'éteindre au loin.

— Grandpa, tu as vu quelque chose ?

— À qui parles-tu ?

Sa tante se tenait dans l'encadrement de la porte, le petit Junior au creux du bras. C'était la plus belle femme au monde. Luhyana aurait donné tout ce qu'elle possédait pour avoir les mêmes cheveux roux et bouclés au lieu de cette crinière revêche, héritée de sa mère, qui résistait à toutes les brosses. Elle se leva d'un bond pour se jeter dans ses jupes mais la grande femme la repoussa.

— Attention ! Tu es pleine de poussière. Tu veux me salir, c'est ça ?

La fillette ne se formalisa pas de la rebuffade et se mit à sautiller impatiemment sur place.

— Regarde-toi. Une vraie sauvageonne. Va te laver avant de passer à table.

Luhyana allait s'élancer lorsque sa tante l'arrêta à nouveau.

— Attends ! Qu'est-ce que tu as dans les mains ? Combien de fois t'ai-je dit de ne pas ramener d'ordures à la maison ?

— Ce sont des pierres sacrées, tatie Rose.

— Jette ça, tu m'entends !

La fillette ouvrit les mains pour montrer ses trésors.

— Regarde comme elles sont jol…

La claque partit si vite que Luhyana ne put l'esquiver. Le choc la fit tourner sur elle-même et elle retomba à quatre pattes. Les cailloux se répandirent sur le plancher avec un bruit de grêlons. La fillette tendit la main vers l'un d'entre eux, le plus beau de sa collection, mais une poigne puissante la saisit par les cheveux, la forçant à se relever.

—Vas-tu m'écouter à la fin ! Je t'ai dit…

La voix se tut brutalement et la femme relâcha sa crinière pour ramasser le caillou. Les rayons du soleil firent naître en le caressant de chauds reflets dorés au creux de sa paume. C'était une de ces pépites aux formes polies comme on en trouvait autrefois dans les rivières, le courant sculptant la roche tendre en longues larmes qu'on aurait dites arrachées au soleil. Les Indiens l'appelaient la pierre-qui-rend-fou et il y avait bien longtemps qu'on n'en avait plus vu dans le coin. La vieille mine était abandonnée depuis des années, on racontait que c'était parce qu'elle était maudite, qu'elle était retournée aux esprits malins qui en avaient fait leur refuge bien avant que les prospecteurs n'arrivent. Les hommes, ces foies jaunes, étaient partis les uns après les autres, abandonnant la ville aux assauts du désert et du sable.

Junior tendit une main avec des doigts minuscules vers la pierre comme s'il voulait s'en saisir mais Rose Sweetlow referma le poing. La gamine l'observait de ses grands yeux noirs en dansant d'un pied sur l'autre.

— Où as-tu trouvé ça ?

La fillette sourit de toutes ses petites dents, heureuse que sa tante s'intéresse à ses trésors.

— C'est Grandpa qui me les a données.

Le coup la surprit encore mais, cette fois, elle ne tomba pas. Peut-être parce que sa tante l'avait frappée de sa main fermée.

— Je t'ai déjà dit de ne pas mentir ! Où l'as-tu trouvée ?

Luhyana sentit une goutte chaude couler le long de son menton. Sa lèvre brûlait comme sous la morsure d'un petit animal.

— C'est Grandpa. Je jure. C'est mon cadeau d'anniversaire, pour mes six ans.

La femme se tourna vers le vieillard dans son fauteuil. Il ne donnait aucun signe qu'il eut entendu ou vu quoi que ce soit. Il était comme un bout de bois mort. Il aurait dû crever depuis des lustres, mais il s'accrochait, comme une dent pourrie, une verrue desséchée. Il le faisait exprès, pour la narguer. Elle fit le tour du porche à la recherche des autres pierres mais elles avaient disparu. Elles avaient dû tomber entre les lattes du plancher ou rouler dans la poussière devant la maison. La petite avait forcément dû trouver la pépite quelque part. Elle contempla à nouveau la roche scintillant au creux de sa main et ses yeux se perdirent dans le vague.

Une bourrasque balayant le porche la tira de sa rêverie. Il lui sembla entendre un son à peine audible, comme un murmure au loin. À l'horizon, des flammèches de poussière dansaient sur le sable, virevoltant un instant avant de s'évanouir dans les airs. Serrant le bébé contre son sein, elle recula lentement vers la porte.

— Range tes jouets et rentre, une tempête de sable se prépare.

La petite jeta un regard en arrière.

— Et Grandpa ?

— Il en a vu d'autres. Allez, bouge si tu ne veux pas que je te laisse dehors avec lui. Et va te laver la figure, tu vas encore me saloper la maison.

La fillette s'exécuta. La grande femme la suivit à l'intérieur, déposa Junior dans son berceau et barricada la porte d'entrée avant d'aller fermer hermétiquement les volets. Le sable avait la manie de s'infiltrer partout, dans la nourriture et jusque dans les draps. Dehors, la main du vieil homme tressaillit encore et se souleva légèrement, comme pour saluer les hordes endiablées qui avançaient vers la baraque isolée.

***

J'avais dû m'assoupir dans mon siège, les pieds sur le bureau, parce que je ne l'avais pas entendue entrer. La première chose que je vis, c'était les rondeurs généreuses poussant contre l'échancrure de son chemisier, son cou gracile et cette bouche adorable qui prononçait mon nom. J'aurais voulu tendre la main vers cette gorge aguichante mais mes doigts étaient collés à un objet dur et poisseux qui avait la forme d'un goulot. L'apparition se pencha sur moi et l'odeur de sa transpiration m'enveloppa, une odeur poivrée et pas désagréable du tout. Je n'avais pas l'habitude. Les filles de Hangtown, même celles qui bossent chez madame Irma, sentent rarement la rose. Je fermai les yeux pour en apprécier toutes les nuances lorsqu'une brusque secousse faillit me faire tomber de mon siège.

— Shérif Malone, réveillez-vous !

— Que… quoi… ?

— Pour l'amour du Ciel, shérif ! Il faut que vous veniez tout de suite !

La bouteille m'échappa. J'eus un instant de panique mais le bruit qu'elle fit en roulant sur le plancher indiquait qu'elle était vide. Je dégageai mes pieds de la table et me redressai dans mon siège. Une douleur aiguë à l'intérieur de mon crâne m'avertit qu'il était prudent de ne pas aller plus loin. Ma belle visiteuse était toujours là. Je n'avais pas rêvé. Grande, rousse, la peau si délicate qu'on aurait dit une apparition. Elle qui était toujours tirée à quatre épingles semblait s'être habillée à la hâte, des mèches folles dépassant de son chapeau. Mon regard dévia à nouveau vers son décolleté et ma main se mit à tâtonner de son propre chef vers le tiroir du bureau. Elle en sortit la flasque que j'y gardais pour les urgences et m'en accorda une longue gorgée.

— Qu'est-ce qui me vaut l'honneur, m'dame Sweetlow ?

J'aurais aimé effacer le sourire niais que je sentais envahir mon visage mais j'en étais incapable. Les jolies femmes me font toujours ça, et la jeune veuve Sweetlow était dans une ligue à part. L'entière population mâle de Hangtown, du moins ce qu'il en restait, avait toujours une bonne raison de traîner dans les rues lorsqu'elle se rendait à l'église le dimanche matin. Et si j'étais honnête avec moi-même, un exercice auquel je m'aventurais assez peu, elle faisait sans doute partie des cinq raisons pour lesquelles j'avais accepté le poste de shérif dans ce trou maudit. Les quatre autres étant les frères Espinosa, un ramassis de tueurs mexicains dont j'avais eu le malheur d'engrosser une cousine.

— Vous empestez l'alcool, shérif ! Vous n'avez pas honte ?

— La chaleur, m'dame Sweetlow, dis-je avec un regard accusateur vers le ventilateur qui brassait paresseusement l'air au-dessus de nos têtes avant de m'accorder une autre gorgée de whisky.

Elle me fusilla de ses ravissants yeux verts et se pencha sur le bureau. J'avalai de travers à la vue des trésors ainsi exposés.

— Pour l'amour du Ciel, shérif ! Mon bébé, mon Junior, c'est horrible… venez, venez vite !

— Qu'est-ce qui…

Elle prit le chemin de la sortie avant que j'aie pu finir ma phrase. Les formes voluptueuses qui gonflaient ses jupes m'auraient laissé pétrifié sur mon siège si un obscur sens du devoir n'était venu chatouiller ma conscience. Je cherchai un moment mon Stetson avant de m'apercevoir qu'il était déjà sur ma tête, bouclai mon ceinturon et la suivis sur des jambes flageolantes. Elle monta dans sa carriole, jeta un regard en arrière pour s'assurer que je la suivais et fouetta le canasson qui partit au petit galop sur la route poussiéreuse.

***

Le ranch était à l'extrême lisière de la ville, au pied même du désert. La maigre végétation qui alimentait le bétail s'arrêtait brutalement à une centaine de mètres de la maison. Il n'y avait même pas besoin de barrière. Au-delà s'étendait le no man's land, une vaste étendue de sable, de rocs et de serpents où aucune bête ni aucune personne sensée n'aurait l'idée de s'aventurer.

J'attachai mon cheval et saluai le vieil indien assis sur le porche. Il avait l'air d'avoir mille ans et devait être aveugle et sourd car il ne frémit même pas. L'intérieur de la maison baignait dans une pénombre rafraîchissante. Mon hôte avait disparu, à sa place se tenait une fillette indigène pas plus haute que trois pommes qui me dévisagea avec des yeux brillants de curiosité.

Avant que j'aie pu ouvrir la bouche, elle pointa du doigt vers une porte latérale. Je m'approchai. Madame Sweetlow était penchée sur un berceau au milieu de la pièce. Elle avait ôté son chapeau et les boucles rousses de sa chevelure retombaient en désordre sur ses épaules pâles. Elle se tourna vers moi et mon cœur manqua deux ou trois battements.

— Mon bébé, shérif. Mon Junior…

Je m'approchai du berceau. Il était vide.

— Il… il a disparu dans la nuit. Il faut que vous le retrouviez !

Les règles de la bienséance m'empêchèrent de cracher sur le sol comme l'aurait requis mon état d'esprit. Courir après les voleurs de bétail ou coffrer les soûlards avant qu'ils n'en viennent aux mains pour une femme ou un lopin de terre, c'était dans mes cordes, mais les nourrissons en cavale…

— Heu… il est peut-être allé faire un tour. Vous avez regardé partout ?

Le visage de la belle se tordit en une grimace de douleur.

— Je le sens dans mes veines, shérif, ils me l'ont pris ! Les portes et les volets étaient barricadés à cause de la tempête. Mais ça ne les a pas arrêtés.

— Ah, heu… vous savez qui… ?

Elle s'avança et se pencha pour murmurer à mon oreille. Sa main effleura mon bras, envoyant des décharges électriques le long de mon échine.

— Le vieux sorcier. Ça fait des années qu'il guette, qu'il attend.

Son regard s'était dirigé vers la fenêtre. Il n'y avait rien dehors, sinon le vieux hibou desséché.

— Je vous en supplie, shérif. Pour l'amour de Dieu. Retrouvez mon bébé. Je… vous en serai éternellement reconnaissante.

Son odeur si proche me fit vaciller. Deux taches roses étaient apparues sur ses joues. Ses lèvres s'étaient muées en prière et je devins brutalement conscient du fait que nous étions seuls dans sa chambre, au pied du grand lit à l'air terriblement douillet. Une vision qui n'avait rien de chrétien me noua les tripes. Pourquoi fallait-il que les filles qui me plaisent soient toutes folles à lier ?

***

Je sortis sur le porche me rouler une cigarette. Mes mains tremblaient encore. C'était l'heure où le soleil dardait ses rayons à la verticale, brûlant tout sur son passage. Les vagues de chaleur faisaient trembler l'horizon comme si une horde de bisons allaient nous balayer d'un instant à l'autre. Madame Sweetlow avait consenti à se reposer un instant, non sans m'avoir fait jurer de me lancer toutes affaires cessantes à la recherche du nourrisson. Je me maudis intérieurement. Pas question d'organiser une battue, je deviendrais la risée de la profession d'un bout à l'autre du pays. Et un shérif qu'on ne prend pas au sérieux, ça attire les ennuis de la pire espèce. Sans oublier les Espinosa.

— Tu vas chercher Junior, m'sieur ?

La gamine était apparue de je ne sais où. Ses cheveux corbeau étaient noués en deux nattes symétriques à la façon des squaws. Une Indienne miniature.

— Je vais essayer, fillette.

— Je m'appelle Luhyana, m'sieur. Ça veut dire « goutte de rosée » en vrai, mais Grandpa dit que c'est parce que je lui pissais toujours dessus quand j'étais petite.

Elle dansait d'un pied sur l'autre comme si elle avait du mal à tenir en place. Elle devait avoir entre trois et dix ans. Je ne connaissais pas grand-chose aux mômes. À la lumière du jour, je vis que sa lèvre était fendue comme si elle s'était récemment battue. Une petite sauvageonne pour sûr.

— Salut, gamine. Moi, c'est Malone, shérif Malone. Tu vis ici ?

— Oui. C'est tatie Rose qui s'occupe de moi.

— Madame Sweetlow est ta *tante* ! Mais tu es… tu n'es pas…

Elle me contemplait de ses grands yeux noirs tout en sautillant sur place. Bah ! C'était juste une môme, pas de sa faute si elle était à moitié indienne.

— Tu bouges toujours comme ça ?

— Grandpa dit qu'il faut accompagner la Terre dans sa marche, m'sieur. Sinon elle s'arrête. C'est lui qui m'enseigne la Danse, m'sieur.

Je jetai un coup d'œil dans la direction du vieux tas d'os dans la chaise à bascule mais il était aussi roide qu'un macchabée.

— Il ne danse pas beaucoup, le grand-père.

— Il dit que je suis ses jambes et ses bras, m'sieur. J'apprends aussi la Danse du Vent, tu veux que je te montre ?

— Hum… plus tard, peut-être. Dis-moi, ton grand-père, il ne t'aurait pas dit aussi où se trouve le môme… je veux dire Junior, par hasard ?

— Grandpa dit que les esprits malins l'ont emmené. À cause de la pierre. J'aimais bien Junior, m'sieur, mais Grandpa dit que les esprits ne rendent jamais ce qu'ils emportent.

Je crachai un brin de tabac amer. Ces maudits Indiens et leur incompréhensible baragouin. Autant essayer d'avoir une conversation avec un cactus.

— Les esprits malins, eh ? On va aller leur causer, alors. Tu sais où ils crèchent ?

La petite ne répondit pas, au lieu de cela elle se mit à tourner sur elle-même, ses nattes volant autour de sa tête, lentement d'abord puis de plus en plus vite. J'attendis un instant qu'elle ait fini son manège mais elle ne semblait pas se lasser. Elle me filait le tournis. Entre une femme hystérique, un vieux catatonique et cette gamine demeurée, je ne donnais pas cher de mes chances de retrouver le chiard. Une bourrasque balaya le porche et je crus entendre comme un chuchotement derrière moi. Entendre des voix, ça ne m'arrivait que quand j'avais le gosier sec. Je laissai la môme à ses jeux et rentrai à la recherche d'un remède. La belle Rose Sweetlow devait bien avoir une bouteille quelque part.

***

Je jetai une brassée de bois mort sur le feu et les flammes crépitèrent un instant, faisant danser les ombres dans la nuit. Nous avions établi un campement de fortune au pied des anciennes mines dont la gueule nous narguait de son insondable noirceur. Rose Sweetlow était debout face à l'antre béant, ses jupes en lambeaux agitées par le vent du soir. Le voyage avait été rude, un essieu de sa carriole s'était brisé sur une pierre et les chevaux avaient refusé de pénétrer dans l'enceinte dévastée qu'avait laissée l'extraction du précieux minerai. La végétation desséchée était couverte d'une épaisse couche de poussière et le sol jonché d'éclats de rocs, comme si un géant désaxé s'était acharné à briser la montagne à coups de poing rageurs.

Hangtown était à l'origine une cité minière, comme beaucoup de patelins dans ce coin perdu, surgie en quelques jours du désert aride sous la fièvre de l'or. Les mines originelles étaient depuis longtemps abandonnées, l'ancienne route menant à la ville avait pratiquement disparu, et les montagnes nous entourant étaient si désolées qu'elles n'avaient même pas de nom. Personne n'était venu ici depuis des lustres, Dieu sait ce qui se dissimulait aujourd'hui dans les mines désertées. Même les Indiens évitaient les lieux, prétendant qu'ils étaient devenus la demeure des Kachinas, les esprits malins. Un tas de galimatias, mais Rose Sweetlow était persuadée que son bébé s'y trouvait et elle semblait prête à en découdre avec tous les démons de la mythologie indienne pour le retrouver. Elle avait visiblement perdu l'esprit mais je n'allais pas la laisser s'aventurer seule dans cet endroit maudit.

Je levai ma gourde pour l'inviter à me rejoindre près du feu et le museau de son double canon se tourna vers moi.

— Wow ! Faites attention avec ça. Une arme comme la vôtre, m'dame Sweetlow, faut garder le canon ouvert. Ce genre de pétoire est trop sensible pour la tenir comme vous le faites.

— Je sais manier un fusil, shérif. Vous n'avez pas entendu ? Comme des pleurs…

— Toutes sortes de bestioles vivent dans un coin comme celui-ci, m'dame. Et c'est encore pire la nuit.

Sa main blanchit sur le fût de la carabine.

— Non, ce que je veux dire, y a forcément toutes sortes de bruit. Je ne voulais pas… Je n'ai rien entendu, non.

Je fis un vague geste vers le gouffre creusé dans la montagne.

— Croyez-moi, vous ne voulez pas vous aventurer là-dedans à la nuit tombée. Venez plutôt vous asseoir et manger quelque chose. Nous reprendrons les recherches à l'aube.

Elle resta encore un moment à essayer de percer l'obscurité avant de me rejoindre auprès du feu. Je lui tendis la gamelle et elle se mit à manger en silence. La lueur des flammes dansait sur elle, effaçant la poussière et la sueur, révélant le grain de sa peau à travers les vêtements déchirés. Si le coin n'avait été un repaire de créatures venimeuses et voraces grouillant dans le noir, j'aurais souhaité que cet instant ne finisse jamais.

Quelque chose bougea contre moi. La petite Indienne était blottie dans une vieille couverture et sa tête était venue buter contre mon flanc. Elle s'était endormie. Je fis un oreiller de ma veste et lui confectionnai une couche de fortune près du feu. Elle était légère comme une plume. J'avais ma petite idée sur la raison pour laquelle sa tante avait insisté pour que la môme nous accompagne dans cet endroit maudit mais je préférais ne pas y penser.

— La température va tomber, m'dame Sweetlow. Vous devriez vous couvrir.

Elle me regarda sans comprendre. Peut-être n'était-elle pas consciente que ses vêtements en lambeaux ne lui offraient qu'un médiocre refuge contre les regards et le froid. Je déroulai une couverture et la passai sur ses épaules.

— Vous devriez vous reposer maintenant. Je veillerai sur vous deux, vous n'avez pas à vous inquiéter.

Elle ne répondit pas et continua à fixer le feu comme si elle cherchait une réponse dans les flammes. Je dus l'obliger à s'allonger et elle se laissa faire, sans pour autant relâcher le fusil qu'elle garda fermement serré contre elle. Je repris ma place de l'autre côté du feu, face à l'entrée des mines, et regrettai de n'avoir pris qu'une bouteille de whisky. La nuit allait être longue et très, très froide.

***

La bête était penchée sur moi, je la sentais ricaner au-dessus de mon visage, son haleine putride me soulevait l'estomac. Je poussai un cri muet et me redressai, ma main cherchant instinctivement le Smith & Wesson dans le noir. Mes doigts se refermèrent sur la crosse familière gisant dans la poussière. Je balayais la nuit environnante, cherchant une cible. L'obscurité léchait les abords de notre camp de fortune comme une marée montante, engloutissant déjà les formes assoupies de mes compagnes de voyage. Le charognard s'était évanoui, et avec lui la puanteur. Je l'avais peut-être rêvé mais d'où venait cet arrière-goût au fond de ma gorge ?

J'avais dû m'assoupir un instant, le whisky aidant, pris dans l'hypnotique danse des flammes. Cela n'aurait jamais dû arriver. Je jetai une brassée de bois mort sur les braises, soulevant une gerbe d'étincelles qui monta comme une ruée d'étoiles vers le ciel. Les flammèches repoussèrent un instant l'obscurité, éclairant les formes allongées de mes compagnes.

Elles semblaient dormir profondément, trop profondément. Pas même un signe de respiration. Quelque chose n'allait pas. Je me levai et m'approchai de la couche de la petite Indienne, soulevai un pan de couverture. La fillette avait disparu, des broussailles empilées à sa place. Je me précipitai vers l'autre dormeuse et la secouai du bout du pied. La couverture s'affaissa, vide. La garce ! Rose Sweetlow avait profité de mon sommeil pour s'enfuir en emmenant la gamine. Je laissai échapper un long chapelet d'insultes, ponctuant chacune de coups de botte dans les braises. Les cendres brûlantes s'éparpillèrent, allumant des feux follets dans les broussailles. Bientôt le camp ne fut plus qu'un cercle de feu entouré d'ombres insaisissables qui semblaient me narguer. Lorsque je fus suffisamment calmé, je bricolai une torche de fortune et m'engageai d'un pas résolu vers la gueule béante des mines.

Les profondeurs n'ont jamais été mon fort. J'aime avoir de l'espace au-dessus de ma tête. Ce n'était visiblement pas les chercheurs d'or qui auraient pu creuser ce dédale de cavernes s'enfonçant au cœur de la montagne. L'endroit était ancien, une succession de boyaux et de grottes au milieu desquelles s'élevaient des colonnes de pierre blanchâtre qui rappelaient celles de nos cathédrales. J'avançais à l'aveugle, guidé par d'infimes bruissements et des fantômes de voix qui semblaient persister après le passage de mes deux fugitives. Mais plus je m'enfonçais, plus l'écho de mes propres pas s'amplifiait, masquant les autres bruits. Peut-être étais-je en train de m'égarer à la poursuite de moi-même. L'air s'était progressivement refroidi et la vapeur de ma respiration se mêlait aux émanations de la torche dont les flammes vacillaient et changeaient de couleur au gré des courants aériens.

J'arrivai finalement devant un large portique autour duquel grouillaient de hideuses figures de pierre. Il me fallut un moment pour me persuader que leur lent glissement n'était que l'effet des flammes sur les parois. Les sculptures étaient effroyablement anciennes, leurs motifs étranges et déconcertants. Certainement pas l'œuvre des prospecteurs, encore moins celle des Indiens qui avaient toujours été nomades et ne savaient pas travailler la pierre. Les gars qui avaient pu imaginer des trucs aussi affreux n'étaient probablement qu'un tas de momies desséchées aujourd'hui, et c'était mieux ainsi. Dieu sait quelles monstrueuses déités avaient pu les inspirer. Les légendes du coin racontent que bien avant l'arrivée des colons, une épouvantable épidémie avait décimé les indigènes, éliminant des tribus entières.

J'avançai la main pour toucher l'une des figures taillées dans le roc. La chose s'effrita sous mes doigts comme du sable et la puanteur qui m'avait éveillé me frappa de plein fouet. Je fis un bond en arrière. Ce foutu endroit était hanté ! Avant que j'aie le temps de prendre mes jambes à mon cou, l'écho d'un coup de feu me gela les tripes. Cela venait de l'autre côté du portique. Je fis une rapide prière et, mon Smith & Wesson dans une main et la torche moribonde dans l'autre, j'avançai un pied dans le passage obscur pendant que les monstrueuses figures m'observaient en ricanant. Mal m'en prit. Le sol était en pente et l'humidité, suintant le long des murs, avait rendu le sol glaiseux traîtreusement glissant. Avant que j'aie pu me raccrocher à quoi que ce soit, j'étais allongé sur le dos, mes doigts cherchant futilement prise sur les parois boueuses.

Au bout de ce qui me sembla une éternité, je fus éjecté du boyau et mon corps plana quelques secondes dans le vide avant de heurter le sol avec un bruit d'os brisé. Le choc me coupa la respiration. Je sentis des picotements au bout des doigts et l'obscurité devint encore plus profonde.

***

La femme à demi nue faisait danser les ombres sur les parois comme un carrousel de démons à l'assaut des flammes. Elle se dirigeait résolument vers le fond de la grotte et ce qu'on eut dit un manteau d'étoiles dorées qui scintillaient dans le reflet des flammes. Il me fallut un moment pour la reconnaître. Ses cheveux étaient emmêlés de boue, sa peau grise comme la pierre. C'est la pétoire qui déclencha mes souvenirs. Elle criait des mots incohérents, défiant les formes furtives qui reculaient à chaque balayage de sa torche avant de revenir à la charge. On eut dit que les murs étaient animés autour d'elle, cherchant à l'engloutir dans leur obscurité, à l'empêcher d'atteindre le ciel constellé d'or. Je restai pétrifié par l'apparition, ignorant la petite voix dans ma tête qui hurlait de me lever pour aller l'aider. Même si je l'avais voulu, j'étais cloué au sol. Je pouvais sentir mes membres, je ne m'étais probablement pas brisé l'échine, mais la chute m'avait privé de toute force. L'alcool, ou un coup de sabot sur la tête, peut vous faire ça. Lutter, de toute façon, semblait futile. À chaque mouvement, la torche de Rose Sweetlow perdait un peu de sa force, elle avait déjà vidé sa carabine contre les ombres et je n'avais que six balles dans mon revolver. Six balles contre une horde de démons insaisissables, la lutte était par trop inégale.

— Danse, m'sieur, danse.

Je tournai la tête vers la voix. La petite Indienne était sortie de l'ombre. Elle s'agitait dans de drôles de mouvements, on eut dit que des vagues invisibles la secouaient de la tête au pied. Ses bras et ses mains décrivaient de fluides arabesques.

— Lève-toi, m'sieur, et danse. Danse comme le vent.

Un cri affreux me fit bondir sur mes pieds sans réfléchir à la douleur. Ça venait de l'endroit où se tenait Rose Sweetlow. Sa torche s'était brusquement éteinte et l'obscurité venait de l'absorber tout entière. Il y eut comme un bruit de lutte et puis plus rien. Le silence. Les étoiles s'éteignirent progressivement autour d'elle, puis, une à une, vinrent consteller l'endroit où je me trouvais, juste au-dessus de ma tête. Une vague secoua les ombres et tout à coup, il me sembla qu'elles s'approchaient. Une petite main vint se loger dans la mienne.

— Danse, m'sieur. Suis-moi. Je vais t'apprendre. Les esprits n'aiment pas la danse.

Le contact de sa main fit courir un frisson le long de mes membres. Autour de nous, les ombres se rassemblaient, resserrant leur étau. J'aurais voulu crier mais aucun son ne put sortir de ma gorge.

— Danse, m'sieur, danse.

C'était comme un souvenir, cette sensation qui caresse votre visage, la brise du soir qui vous rafraîchit, la tempête qui vous fait courber l'échine, ce mouvement qui vous enveloppe sans que vous ne puissiez jamais le saisir. Un instant, je parcourais la plaine aride au galop, l'autre je cherchais refuge contre ces aiguilles froides qui transperçaient mes vêtements comme s'ils n'existaient pas. Je me laissais emporter par la marée de sensations familières, ballotté dans l'air tourbillonnant. Je dansais au fil du vent comme un de ces buissons qui parcourent le désert.

***

Quand je repris connaissance, j'étais de retour au camp. Le jour s'était levé. J'étais seul. Les affaires de mes compagnes ainsi que leur monture avaient disparu. Mon Smith & Wesson gisait dans la poussière à mes côtés. Je vérifiai le barillet. Six balles. Je me tournai vers l'entrée de la mine. La sensation qu'elle m'inspirait hier encore avait disparu, comme si la nuit avait dissipé mes appréhensions. Ce n'était qu'une vieille mine abandonnée. Déserte.

Mon cheval m'attendait à l'orée de l'exploitation et je pris le chemin du retour. La carriole brisée était encore sur le bas-côté mais elle semblait avoir été laissée là il y a une éternité. Lorsque j'arrivai aux abords du ranch, tout paraissait normal. L'ancêtre à demi momifié n'avait pas bougé de sa chaise à bascule, si ce n'est qu'un marmot était maintenant perché sur ses genoux, lui tirant les tresses. Il me sembla déceler un sourire sur son visage desséché.

La môme —comment s'appelait-elle déjà ?— jouait dans la poussière avec des pierres de toutes les couleurs. Elle leva la tête à mon approche et me fit un signe de la main avant de retourner à ses cailloux. J'attendis un moment, l'estomac noué, sans descendre de ma monture, qu'elle apparaisse enfin à la porte.

— Shérif Malone, que me vaut l'honneur ?

Elle était toujours aussi belle mais l'excitation que j'éprouvais autrefois à la voir avait disparu pour laisser place à autre chose. Une chose aussi difficile à saisir que les parois boueuses d'une lointaine cave. Elle souriait pourtant, c'était la première fois que je la voyais sourire. Elle paraissait apaisée, tranquille comme l'eau stagnante d'un puits.

— Rien de spécial, madame Sweetlow. Je passais dans le coin.

— C'est gentil de nous rendre visite. Je préparais justement un pâté de viande, ça vous dirait de déjeuner avec nous ?

Ses yeux dérivèrent un bref instant vers le vieillard et le bébé jouant sur ses genoux. Son sourire parut se figer, et lorsqu'elle tourna à nouveau la tête vers moi, j'eus l'impression de voir danser des ombres derrière ses prunelles noires. Ses yeux avaient une autre couleur dans mes souvenirs, mais peut-être était-ce un effet de la lumière. Une lointaine odeur de pourriture me revint aux narines.

— C'est aimable à vous, m'dame, mais j'ai des affaires qui m'attendent en ville.

— Dommage. Une autre fois, peut-être…

Je touchai le bord de mon Stetson, fis tourner ma monture, et m'éloignai aussi calmement que possible. Les yeux du vieil indien continuèrent à me brûler la nuque bien longtemps après que le ranch eut disparu.

Arrivé à Hangtown, je fis mon baluchon, abandonnai mon badge sur la table et m'éloignai de la ville aussi rapidement que possible. Au diable les frères Espinosa, je n'avais aucune envie de remettre les pieds dans la ville où vivait Rose Sweetlow, si on pouvait encore l'appeler ainsi.

Safari

« Patchouli, c'est un drôle de nom pour un zomb'. »

Je répliquai par un grognement, la bouche à moitié pleine de chair légèrement avariée. J'avais marchandé un bras à une bande de braconniers, pas de première fraîcheur mais c'était mon premier repas depuis des lustres. La viande fraîche, c'était pour les bourges. Je n'avais pas les moyens. Je sentis un truc qui bougeait contre ma joue, tentant de s'échapper, et je refermai mes petites molaires avec un claquement sec. La chose explosa dans un jet acide, un peu comme une câpre.

Patchouli. J'étais née en '68, en plein mois de mai. Je suppose que mes parents avaient trouvé ça joli.

— Moi, c'est Albert, mais mes potes m'appellent Mordicus. Tu vois pourquoi ?

L'abruti dévoila une rangée de dents puissantes, faites pour broyer les os. Il avait une gueule d'australopithèque et il s'en vantait, le débile. C'est vrai qu'avec la moitié de la cervelle en moins, fallait pas s'attendre à le voir réciter du Musset. Il coulissa légèrement sur ses grosses fesses dans l'espoir de se rapprocher et je lui mis un grand coup de bras dans la tronche. Gentiment, la tête c'est sensible chez les zombs, c'est à peu près la seule partie du corps où il reste un semblant de sensations. Je le voyais venir avec ses airs innocents et je n'aimais pas les mecs qui avaient mauvaise haleine.

— Eh ! Faut pas jouer avec la nourriture, dit-il avec un grand sourire.

Ce débile n'avait rien senti, c'était encore pire que je le pensais.

— J'suis un zomb de troisième génération, tu sais. Un authentique classe A. T'as rien à craindre de mes gènes.

C'était bien ce que je craignais. Cet ignare ne savait même pas ce que c'était de se laver et il me poussait la romance en espérant sans doute que je me pâme devant ses lettres de noblesse et lui offre mon petit trésor. Il pouvait toujours courir, à supposer qu'un zomb puisse comprendre ce que c'est.

— Désolé, Mordicus. T'es sans doute un mec bien, mais un putois m'a bouffé la chatte une nuit que je dormais, alors tu vois…

Généralement, ça les refroidissait, mais celui-ci avait l'air buté. Un demi-cerveau, ça ne réagit pas toujours logiquement.

— Ah ! Ouais. C'est moche. Mais j'ai vu pire.

Son sourire niais commençait à me taper sur le système, mais fallait marcher sur la pointe des pieds avec ces gars-là. Ils n'avaient pas les mêmes tabous en ce qui concerne la chair de zomb. Les cannibales, on les appelait. Il ne me restait plus qu'à lui offrir mon bras.

— Tiens, je n'ai plus faim. Tu veux le finir ?

Ça me crevait le cœur (eh oui, j'en ai un), mais c'était le seul moyen de me débarrasser de lui. En priant qu'il ait la dalle. Un filet de bave se forma au coin de ses lèvres épaisses en voyant la pièce de choix que je lui tendais. C'était mon jour de chance. Les zombs, ça ne cogite pas beaucoup, mais quand ça bouffe, la lumière est carrément éteinte. J'attendis qu'il ait planté ses crocs dans la chair bleutée, quand le goût douceâtre vous fait rentrer les yeux à l'intérieur pour ne laisser que des orbes blancs, et je détalai sans demander mon reste, serrant mon petit sac de perles contre moi. Mon estomac émit un long gargouillement de protestation, mais je ne l'écoutais pas. Plutôt perdre un bras que la tête, surtout que ce n'était pas le mien.

Je ne savais pas trop ce que j'étais venu faire ici. Autour de moi, les plaines vallonnées s'étendaient à perte de vue. On était en septembre et l'air était encore doux, mais bientôt viendrait l'hiver, quand les cadavres étaient trop gelés pour faire un repas décent. J'aurais dû faire comme les autres et descendre vers le Sud, mais quelque chose m'attirait dans cette région et je ne savais pas quoi. Il y avait tellement de choses qui m'échappaient, des pensées qui restaient à jamais à l'état de larves informes, des souvenirs qui m'étaient refusés. Mamie disait que c'était pour nous protéger, que la mémoire des temps anciens nous conduirait irrémédiablement à la folie. Peut-être. Mais je ne pouvais m'empêcher de ressentir ce vide à l'intérieur, comme si une partie de moi-même m'avait été arrachée.

Au détour d'un coteau, je vis se profiler les hautes barrières électrifiées d'une ferme. Mon estomac se mit à nouveau à faire des siennes. Il y avait un fumet dans l'air, cette odeur particulière qui a le don de me faire perdre l'esprit. Je humai lentement, profondément, comme si le parfum seul pouvait suffire à calmer ma faim déchirante, mais c'était encore pire. La bave à la bouche, je m'approchai aussi près du grillage que possible. J'entendis les bruits d'abord, comme des rires cristallins portés par le vent et enfin je les vis. J'aurais dû tourner les talons et m'enfuir, mais mon corps ne m'obéissait plus. Ils étaient là, à une centaine de mètres à peine, courant dans la verdure comme un troupeau sauvage. Leurs petites mains délicates s'arrêtaient ici et là pour cueillir des fleurs et en faire des bouquets ou des couronnes, leurs joues fraîches et rebondies rosissaient dans l'effort du jeu, le sang à fleur de peau. Le cri enflait dans ma gorge et soudain je ne pus plus me retenir, je me jetai de toutes mes forces contre le grillage et reçus en retour un choc qui me propulsa plusieurs mètres en arrière. Je gis là, dans l'herbe fraîche, mon corps convulsé se tordant dans d'atroces souffrances. Les petits humains, de l'autre côté de l'enclos, me contemplèrent un instant avec curiosité avant de reprendre leurs jeux innocents.

J'avais dû perdre connaissance. Lorsque j'ouvris les yeux, un énorme zomb se tenait au-dessus de moi. Il avait le dos au soleil et je ne pouvais voir son visage. On dit que les zombs n'ont qu'une expression faciale, mais c'est un mensonge. Ceux qui les connaissent savent lire sous leur rictus figé le moindre changement d'humeur. Aveuglée comme je l'étais, ça ne m'aidait pas vraiment alors je fis une rapide prière à Romero et à tous ses Saints. Mon aspect de petite fille sage et mes tresses blondes m'avaient plus d'une fois épargnée un sort funeste aux mains des humains, mais celui-ci était un zomb, rien qu'à l'odeur. Il ne se laisserait pas attendrir.

— Qu'est-ce que tu fous là ? T'as pas lu les panneaux ?

Sa voix épaisse me rassura un peu. Il aurait pu me couper la tronche sans se fatiguer à me faire la causette.

— Pardon. Je me suis perdue. Je ne savais pas.

— Faut pas traîner dans le coin. Le boss n'aime pas ça. C'est un élevage de luxe ici, tu comprends. Rien que des clones de premier choix. Alors, forcément, on se méfie des voleurs.

Les mots seuls me firent monter la bave à la bouche, mais je parvins à me retenir. Le choc de tout à l'heure ne m'avait pas coupé l'appétit mais il avait quelque peu émoussé mes réactions. En fait, c'était plutôt une bonne nouvelle. Peu de chance qu'il s'intéresse à la mienne, de chair. Je n'étais pas de la première fraîcheur.

L'homme me tendit la main pour m'aider à me relever et c'est alors que je remarquai que le choc avait à moitié arraché mon chemisier et que mes petits seins étaient à l'air. Je me rhabillai prestement et lorsque je levai à nouveau les yeux sur mon sauveur, il me sembla y discerner l'ombre d'un sourire. Il avait mon petit sac de perles à la main et me le tendit. De près, il était plutôt pas mal. Grand, musclé, des yeux très clairs, presque blancs. Une odeur de viande fraîche émanait de lui, pas la sienne bien sûr. Je sentis monter en moi un autre genre de frisson, et cette fois ce n'était pas la faim, enfin pas la même.

— Qu'est-ce que tu fais toute seule dans ces bois ? Tu n'as pas de famille ?

La question piège. Bien sûr que j'avais une famille. Douze frères qui m'attendaient à la maison, prêts à tout pour venger l'honneur de leur jeune sœur adorée. Une armée d'oncles pas commodes qu'on surnommait les cannibales angevins. Du pipeau, évidemment, mais je n'allais pas risquer de me faire dévorer la cervelle en révélant que j'étais seule depuis si longtemps que je ne savais même plus ce que voulait dire le mot famille. Et l'autre qui me regardait avec ce rictus en coin et n'avait pas l'air de me croire. J'étais mal, mais en même temps un peu excitée.

— T'as mangé ?

— J'ai grignoté. Un bout de bras.

Il eut un éclair dans l'œil. C'est rare chez les zombs. Ça devait être la vue de mes seins.

— T'as pas l'air bien grosse, tu veux passer à la ferme ? Je dirais que t'es une cousine. Avec toute la famille que tu as, tu dois bien avoir des cousins aussi, non ?

Clairement, il se foutait de moi, mais d'un certain côté je le trouvais rassurant. Je ne sais pas, un truc dans son regard, sa poignée de main ferme et la délicatesse avec laquelle ses doigts avaient saisi ma petite bourse. Et puis, au moins, il ne puait pas de la gueule.

— C'est-à-dire… on m'attend à la maison.

— Ça ne doit pas être la porte à côté vu qu'il n'y a pas un village à moins de vingt-cinq kilomètres. Tu vas avoir besoin de reprendre des forces.

Je haussai les épaules, genre *la-fille-qui-n'a-aucun-souci-à-se-faire-dans-la-vie*, et le suivis jusqu'à l'entrée de la ferme. C'est-à-dire, si nous y étions arrivés. Nous marchions sur le chemin de campagne qui longeait le grillage lorsqu'un bruit d'engin motorisé retentit derrière nous. Je crus d'abord qu'il s'agissait d'un des véhicules de l'exploitation, mais mon escorte s'arrêta, huma l'air et sans ménagement m'envoya bouler dans le fossé. Le dernier bouton de mon chemisier expira dans la chute et le temps que je me redresse, seins à l'air, pour lui faire passer le goût de m'envoyer balader de la sorte, il avait disparu. La voiture, une espèce de jeep grillagée et renforcée d'énormes pare-chocs était garée sur le bas-côté et trois hommes en sortirent. Des humains. Heureusement, ils ne regardaient pas dans ma direction, mais pointaient vers l'orée de la forêt en agitant les bras. L'un brandissait un sabre recourbé, l'autre une masse d'armes et le troisième faisait tourner une chaîne au bout de laquelle sifflait une boule à crochets. Des armes conçues pour un gibier que je ne connaissais que trop bien. Je m'aplatis dans la boue. La chasse aux zombs était pourtant interdite.

Les humains et nous avions passé un accord, bien des années plus tôt, une trêve dans la guerre qui avait opposé nos deux races depuis le jour de notre création. Ils nous laissaient leurs morts et nous autorisaient à élever notre propre nourriture, en échange de quoi nous les laissions tranquilles. C'était un pacte sacré. Nous avions lutté pour obtenir la reconnaissance de notre droit à la vie. Nous avons une âme nous aussi. Comme les femmes ou les nègres avant nous. Nous avions des droits.

J'attendis que s'éloignent les voix des trois hommes avant de me relever, jetant d'abord un œil prudent au-dessus du fossé. Je les vis disparaître en enfilade au milieu des bois, aboyant comme des chiens en chaleur. Je voulus les suivre, mais qu'aurais-je pu faire ? Il faisait chaud tout d'un coup et la boue collait à ma peau en séchant. J'avais l'impression d'être couverte d'écailles, mon chemisier était foutu, je m'en débarrassai et me mis à rôder autour de la jeep. Peut-être les humains y avaient-ils laissé des armes. Peine perdue. Ils n'avaient pas verrouillé les portes, mais la jeep ne contenait qu'une glacière avec leur déjeuner. J'eus un haut-le-cœur en voyant la viande d'animal cuite. La faim était revenue et je n'étais toujours pas plus avancée. J'avais l'espace d'un instant cru trouver un ami, mais il avait disparu à son tour. C'était toujours comme ça avec moi.

Mon mystérieux sauveur avait dit qu'il n'y avait pas de village à la ronde, il ne me restait plus qu'une solution. Il y avait un espace entre le siège arrière et le coffre où les humains gardaient la roue de secours, recouverte d'une bâche. Rassemblant mes dernières forces, j'extirpai la roue de son réceptacle, la dissimulai dans les fourrés et me cachai dans l'espace libéré. Avec un peu de chance, ils ne crèveraient pas en route. En tout cas, pas une roue. Quelques instants plus tard, je ramenai la bâche sur ma tête. Il m'avait semblé entendre des voix. Les portes s'ouvrirent, claquèrent et la jeep tangua un moment avant de s'immobiliser. Un objet lourd atterrit sur la bâche et je retins ma respiration.

— Punaise, il nous a donné du mal celui-là, dit une voix proche.

— C'est là qu'est tout le plaisir, Charlie. On devrait en tirer un bon prix.

— Je ne comprends pas que certaines personnes aiment ça.

— Paraît que c'est une délicatesse.

— Quand même… faut être tordu. T'en as déjà bouffé toi ?

— Au prix que ça coûte ? Je n'ai pas les moyens. C'est un truc de riches.

— Ouais, dit la troisième voix, encore une petite centaine et tu pourras t'en payer si ça te chante.

— Je ne sais pas si j'aimerais. Déjà que la cervelle d'agneau me faisait gerber quand j'étais petit.

Si j'avais eu du sang dans les veines, il se serait sans doute figé. De quoi parlaient-ils ? Une grosse goutte de liquide clair et poisseux se fraya un chemin à travers la bâche et tomba sur ma joue, puis roula lentement vers ma bouche. Je n'osai pas bouger, je laissai le liquide passer sur mes lèvres puis tomber sur le plancher. L'odeur était familière. La jeep heurta un monticule sur la route et l'objet qu'ils avaient posé sur la bâche se délogea et roula par terre devant moi. Ses yeux presque blancs étaient grand ouverts, ce rictus qui m'avait fait frissonner semblait encore se moquer gentiment.

— Hé ! Fais gaffe quand tu conduis, tu vas abîmer la marchandise.

Un avant-bras s'inséra derrière le siège, la main tâtonnant pour essayer d'attraper l'objet qui y était tombé. Puis un hurlement déchira l'habitacle, l'homme essaya de se libérer de la chose qui s'était accrochée à sa chair.

— Putain ! Il est encore vivant. C'est juste une tête et il est encore vivant. Dites-lui de me lâcher, rhaaaaa…

L'homme se débattait comme un fou dans la voiture et se jeta en arrière, abandonnant un bout de son bras entre mes mâchoires tétanisées. Il dut heurter le conducteur parce que la jeep fit une embardée et roula plusieurs fois sur elle-même dans un concert de hurlements sauvages. Je ne sais plus si les cris étaient les leurs ou les miens. Je ne repris connaissance que bien longtemps après. La nuit était tombée. Sur le sol gisait les corps déchiquetés des trois hommes, enfin je suppose que c'était eux. La scène était horrible, je ne sais pas quelle bête sauvage avait pu à ce point s'acharner sur eux.

L'estomac plein, je laissai échapper un rôt en contemplant le petit monticule sous lequel j'avais enterré ce qu'il restait de mon ami. Il avait tenu parole. Il avait dit qu'il me nourrirait. Un zomb tient toujours ses promesses.

Les glaneuses de temps

ou Le rêve d'Imhotep

La vie peut être très courte. La mort, implacable ennemi, guette à chaque instant notre moindre faux pas pour nous priver de ce bien inné qu'aucune richesse ne pourrait acheter : le temps qui nous est imparti. Ce qui ne nous empêche en rien de le gaspiller avec une insouciance qui fait frémir. Faut-il attendre d'avoir atteint les sombres portes de l'oubli pour s'apercevoir que nous avons allègrement laissé filer notre legs le plus irremplaçable comme du sable entre nos doigts ?

Je n'aurais pas été enclin à me poser ce genre de questions si un étrange concours de circonstances ne m'avait amené à découvrir que le temps n'est, en réalité, ni aussi immuable ni aussi linéaire qu'on a voulu nous le faire croire. Le temps n'est, tout simplement, qu'une autre dimension de la matière. Comme elle, il ne se perd ni ne se crée mais se transforme. En d'autres mots, le temps peut se plier à notre volonté comme un roseau sous le vent.

J'imagine vos regards incrédules. Croyez-moi, j'étais comme vous. Je ne suis ni un obscur mathématicien ni un diplômé en physique quantique, et rien de ce que j'avais appris au cours de mes longues études d'archéologie ne m'avait préparé à ce qui m'attendait, un bel après-midi d'été, sur le quai d'une gare de la banlieue anglaise.

Tout a commencé le jour où, mon précieux diplôme en main, je franchis pour la dernière fois le portail de l'Université d'Oxford, le cœur battant à tout rompre. Je venais de terminer mon doctorat sur le culte de la mort dans les premières dynasties de Haute-Égypte. J'avais économisé suffisamment d'argent sur mon allocation mensuelle pour m'offrir quelques semaines de vacances méritées. Après tout, je venais de souffler vingt-sept bougies sur le gâteau de mon existence et n'avais pas encore commencé à y goûter. Je ne sais pas exactement ce que j'espérais à l'époque, peut-être que l'obtention d'un diplôme allait m'ouvrir les portes d'un avenir tout tracé, que je n'aurais rien d'autre à faire pour le restant de mes jours qu'à régurgiter les montagnes de connaissances que j'avais engrangées au cours de toutes ces années. Mon destin, j'en étais persuadé, n'attendait que cet instant pour m'entraîner dans une vie riche et passionnante. Peut-être allais-je croiser, sur le chemin de la gare, quelque chasseur de talent qui, ébloui par l'étendue de mon savoir, ne manquerait pas de m'assaillir de propositions mirobolantes. Bien sûr, rien de semblable ne s'était produit. Pire. Le train que je devais prendre avait été annulé.

Je regardai la salle du fast-food où je m'étais réfugié après que le préposé derrière la vitre m'avait annoncé que le prochain ne passerait pas avant deux heures. La chaleur précoce de ce mois de juin m'avait forcé à me replier dans le seul abri climatisé qu'offrait cette gare de banlieue. L'affreuse décoration et les couleurs criardes des sièges en plastique assaillaient mes sens, sans parler de l'aigre odeur de friture, mais il y faisait frais. Je grignotai mon cheeseburger du bout des dents en jetant des regards fréquents à la pendule murale qui n'avançait pas. Peut-être était-elle en panne. Un coup d'œil à ma montre confirma que ce n'était malheureusement pas le cas. J'étais assis depuis moins de trois minutes.

Jusqu'à présent, je n'avais jamais eu assez de temps pour tout faire, toujours un cours à réviser, un devoir à rendre. C'était une sensation étrange, à la limite du supportable, d'être forcé d'attendre ainsi, sans rien pour m'occuper. J'essayais de me consoler en me disant que les vacances, c'est précisément ça : plein de temps et rien d'urgent à faire, mais ne pouvais néanmoins échapper à ce lent supplice où chaque seconde s'écoulait avec une lenteur désespérante. Je tirai une gorgée de la paille de mon cola, les glaçons frémissant sous mes doigts. Je devais le faire durer encore deux bonnes heures. Non que je n'eusse pas les moyens de m'en payer un autre, je ne voulais simplement pas donner l'impression de faire partie de ces êtres désœuvrés qui passent leur journée à glander dans les fast-foods. J'avais, après tout, un *Master of Art* en Archéologie comparée.

J'aurais aimé pouvoir sortir de mon sac quelque volumineux ouvrage qui m'aurait occupé l'esprit tout en témoignant de ma nature érudite, mais je n'avais empaqueté que le strict nécessaire. Brandir une brosse à dents ou un caleçon n'aurait assurément pas créé l'effet désiré. Tous mes diplômes ne m'avaient pas préparé à ce genre d'épreuve. L'odeur de friture et le regard absent des gens qui m'entouraient me devinrent finalement insupportables. Le cœur sur les lèvres, j'abandonnai le burger, le cola et quittai les lieux.

De retour sur le quai, je consultai ma montre avec l'espoir que cet interlude eut consommé mon trop-plein de temps. Peine perdue, l'objet rond et sans âme indiquait encore une heure et cinquante-cinq minutes à attendre. Je ne savais plus quoi faire. Je ne pouvais pas retourner au fast-food et il n'y avait d'autre bâtiment alentour que le hall de gare où régnait une chaleur suffocante. Il ne me restait guère que le quai brûlant sous le soleil impitoyable.

La seule tache d'ombre provenait d'un minuscule auvent que la British Rail avait aménagé pour offrir refuge à un nombre limité de voyageurs privilégiés. Il était vide lorsque j'étais passé la première fois mais était à présent investi par une famille au grand complet qui y avait répandu un nombre disproportionné de bagages. Les parents affalés sur l'unique banc agitaient lentement un journal devant leurs visages gras de sueur pendant que trois enfants mâles de taille décroissante mais parés de la même coupe au bol, lunettes rondes et air vicieux, couraient autour des valises en poussant des cris stridents. Je battis prudemment en retraite.

J'allais me résoudre à risquer l'insolation sur le quai lorsque mon attention fut attirée par une apparition des plus anachroniques. Une vieille dame remontait lentement la plateforme dans ma direction. Je ne l'avais pas remarquée auparavant malgré sa vêture d'un autre siècle et son ombrelle blanche parfaitement démodée. Je ne pus m'empêcher d'envier l'ombre fraîche au milieu de laquelle elle se déplaçait, l'apparence sereine et parfaitement à l'abri des ardeurs de l'astre solaire. Comment se fait-il que l'homme moderne ait renoncé à une invention aussi simple et indispensable que l'ombrelle ? La dame était entièrement vêtue de blanc, un choix judicieux avec cette canicule. Même ses mains étaient couvertes de gants de coton. Tout en elle était pâle, presque diaphane, comme chez les très vieilles personnes, pourtant elle se déplaçait avec une légèreté gracile. Elle n'était pas très grande et lorsqu'elle fut arrivée près de mon mètre quatre-vingt, elle leva vers moi deux yeux verts en amande au milieu d'un visage rond et ridé qui faisait penser à une vieille pomme.

— Vous devez attendre le train de quatorze heures cinquante-cinq, dit-elle. Il n'y en a pas d'autres à cette heure-ci.

— C'est exact. Je rentre à Londres avant de repartir pour la France.

— Ah ! La France. Merveilleux pays.

— Vous connaissez ?

— Voilà bien longtemps que je ne voyage plus. Mon dos, vous comprenez. On travaille toute sa vie dans l'espoir d'être libre un jour d'explorer le monde à sa guise et quand ce jour arrive, il est trop tard. On est cloué par les rhumatismes. L'ironie de la condition humaine. Mais dites-moi, l'omnibus pour Londres ne part que d'ici deux heures. Ce n'est pas prudent de rester exposé comme cela. Vous risquez l'insolation ou pire. Un beau jeune homme comme vous, ce serait dommage.

— C'est-à-dire… je ne sais pas trop où aller. J'ai essayé le fast-food mais, l'odeur de friture, vous savez… je préfère le grand air.

— Vous avez du temps à perdre, c'est tout à fait normal à votre âge. Quand vous aurez le mien… Bah, je suppose que vous avez mieux à faire que d'écouter les radotages d'une vieille dame.

— Pas du tout. Si vous ne voyagez pas, vous êtes peut-être venu attendre quelqu'un…

— Les gens croient toujours que les personnes âgées n'ont rien à faire qu'à attendre. J'avoue que je n'ai pas ce problème. En fait, je suis ici pour le travail.

— Le travail ? Je pensais que vous aviez dit…

— Il faut bien arrondir les fins de mois, et comme de toute façon je ne peux me permettre de quitter cette maudite ville, autant faire quelque chose d'utile.

— Et quel est votre travail, si ce n'est pas indiscret ?

— Pas du tout. Je suis glaneuse de temps. En fait ma spécialité, ce sont les heures d'attente dans les gares.

C'était bien ma chance, j'étais tombé sur une dingue. On croise toutes sortes d'individus dans les gares. J'aurais dû m'en douter en la voyant arriver dans ses habits d'une autre époque. Comment allais-je me dépêtrer d'elle maintenant ? Je lui avais déjà avoué que j'attendais un train, je pouvais difficilement me défiler. Peut-être simuler une envie pressante mais, connaissant l'état des toilettes de gare, surtout avec cette chaleur, l'idée n'était guère tentante. Après tout, elle n'avait pas l'air bien dangereuse et je n'avais rien d'autre à faire. Si je faisais semblant de jouer le jeu, elle se lasserait peut-être toute seule. En attendant, cela me ferait toujours une distraction.

— Glaneuse de temps ? Je n'avais encore jamais entendu parler de ce genre d'occupation. Ça paie bien ?

— Vous n'imaginez pas ce que les gens seraient prêts à payer pour quelques heures de vie supplémentaires. Tenez, vous par exemple, je parie que vous aimeriez vous défaire de ces interminables instants qui vous séparent de votre départ. Attendre ainsi sur un quai de gare brûlant, cela n'a rien de folichon. Imaginez pourtant ce que ces heures représenteraient pour les parents d'un enfant atteint d'un mal incurable ou pour quelqu'un qui se sait condamné. Vous ne pourriez faire de plus beau cadeau que ce temps qui vous pèse. Et ça ne vous coûterait rien.

— Un peu comme donner son sang, si je comprends bien.

— En quelque sorte. Moins la piqûre.

— Et vous pourriez… comment dire, me prélever ces heures en trop ?

— Si vous m'y autorisez, assurément.

— Je n'aurais jamais cru que cela fut possible. Vous êtes nombreux à faire ce genre de boulot ?

— Pas assez malheureusement. Vous ne pouvez imaginer la quantité de temps qui se perd sans profiter à personne. Il faut dire que chacune d'entre nous se limite à un type bien particulier. Nous sommes obligées de nous spécialiser, vous comprenez. J'ai une amie qui ne s'occupe que des heures d'insomnie, une autre qui collecte les minutes entre les rêves, une troisième qui ne veut glaner rien d'autre que les moments interminables à attendre l'être aimé. C'est un peu comme les grands vins, chacun a une saveur particulière même si leur formule chimique est fondamentalement la même. Pourquoi choisissons-nous l'un plutôt que l'autre ? Une affaire d'inclination personnelle, je suppose.

— Seules les femmes peuvent exercer cette profession ?

— À vrai dire, non. Mais on dirait que ça n'intéresse pas vraiment les hommes. Peut-être leur manque-t-il la patience nécessaire. Il faut savoir attendre le moment propice.

— Et vous, si j'ai bien compris, ce sont les heures dans les gares.

— Tout à fait. J'ai toujours aimé les voyages, les départs. J'ai bien essayé les arrêts de bus et les stations de métro, mais ce n'est pas la même chose. Les gares des petites villes, c'est tellement plus agréable. Alors, ces deux heures, consentiriez-vous à me les céder ?

— Si cela peut vous faire plaisir, j'ai vraiment horreur d'attendre. J'aimerais déjà être parti.

La vieille dame afficha un sourire si doux qu'il en paraissait presque mélancolique.

— Il faut se méfier de ce qu'on souhaite, jeune homme. Mais vous m'êtes sympathique. J'essayerai de ne prendre que ce qui m'est vraiment nécessaire.

Elle prit ma main entre les siennes. Ses gants étaient comme de la peau d'ange.

— Il y a quand même un léger prix à payer.

Nous y voilà. Je me doutais bien qu'il y avait quelque chose de louche dans cette histoire. Si elle cherchait un pigeon, elle aurait pu faire un meilleur choix.

— Je n'ai pas beaucoup d'argent.

— Oh ! Il ne s'agit pas de cela. C'est vous qui me rendez un immense service. Je vais simplement vous demander de fermer les yeux un instant.

J'avais joué le jeu jusque-là, je pouvais bien lui accorder cette dernière faveur. Je serrai la poignée de mon sac dans l'éventualité où la vieille ou un de ses complices tente de me l'arracher et fermai les yeux. Je ne sentis rien d'abord, puis comme un rapide battement d'ailes près de mon visage, un courant d'air frais dans la canicule printanière. Quelque chose de suave et légèrement humide se posa sur mes lèvres, léger et diaphane comme… la seule image qui me vint à l'esprit fut celle d'une poudre de nuage. Un baiser ? Je fus saisi d'un léger vertige et lorsque j'ouvris à nouveau les yeux, je ne vis rien que des points de lumière dansant devant moi. Petit à petit les points se muèrent en un couple de papillons blancs tournoyant en spirale ascendante dans la lumière avant de s'évaporer.

La vieille dame avait disparu. Avant que je n'aie eu le temps de chercher où elle était passée, un crissement de freins me fit tourner la tête. Un train venait d'entrer en gare et le quai était soudainement animé d'une agitation fébrile. Une trentaine de voyageurs se bousculaient devant les portes pendant que les haut-parleurs crachaient des sons aigus et incompréhensibles. D'où sortaient tous ces gens ? Il n'y avait personne quelques instants plus tôt. Je levai les yeux vers l'horloge de la gare. Trois minutes avant le départ. Je saisis mon sac et me précipitai à leur suite. J'eus à peine le temps de monter et m'installer dans le compartiment avant que ne retentisse le coup de sifflet du contrôleur. Le train s'ébranla dans un rugissement de métal. Je jetai un dernier coup d'œil sur le quai. Il me sembla y voir une silhouette blanche mais je ne pouvais en être sûr. Quelques secondes plus tard, la gare avait disparu et la verte campagne anglaise défilait sagement derrière la fenêtre.

J'avais dû faire un malaise. Il n'y avait pas d'autre explication. La chaleur sans doute. Le train s'arrêta brusquement. Nous étions arrivés à Londres, en gare de Paddington. Une autre heure s'était écoulée sans que je m'en aperçoive. Que m'arrivait-il ? Le temps allait-il filer ainsi sans que je puisse le retenir ?

Je ne sais pas encore comment je réussis à rejoindre le pavillon de mes parents, perdu dans une banlieue paisible de Paris où les gens viennent finir leurs jours. Vautré sur le transat au milieu du minuscule jardin entouré de murs couleur brique, je laissais les heures et les minutes glisser sur moi comme des vagues. Je passais par de longues périodes où les heures pouvaient s'écouler sans que je m'en aperçoive alors que d'autres fois tout me semblait se mouvoir au ralenti. J'avais eu une sensation similaire, il y a quelques années, après m'être laissé entraîner pour un tour de montagnes russes. En descendant du manège endiablé, j'avais été incapable de retrouver mes repères, l'espace échappant au contrôle de mes sens. C'était le même ressenti, avec le temps, mais cette fois cette impression ne s'était pas dissipée au bout de quelques minutes. Ces heures disparues de mon existence m'avaient échoué sur des rives étranges et inexplorées, pris dans une espèce de marée temporelle, une cassure dans la fabrique du temps qui m'emportait je ne sais où.

J'avais essayé d'en parler autour de moi mais ni mes parents ni mes rares connaissances ne semblaient me comprendre. Pour eux le temps continuait à s'écouler de façon prévisible et mes explications confuses les mettaient mal à l'aise, comme si j'avais abordé un sujet tabou et peu ragoûtant. J'évitais après cela d'aborder le sujet avec qui que ce soit.

Il me fallut très, très longtemps, pour plier le temps à reprendre son cours normal. Progressivement, les crises de 'glissement temporel' se firent de plus en plus espacées, plus courtes. Jusqu'à cesser tout à fait. Pourtant je n'étais plus tout à fait le même. J'avais erré dans les couloirs du temps et, quelque part, cela m'avait marqué d'une manière dont je ne compris la portée que bien plus tard. On dit que l'individu qui a frôlé la mort reste marqué de son empreinte et qu'il demeure suspendu entre deux mondes sans jamais pouvoir retrouver sa place. Comme lui, j'avais connu l'ivresse d'être emporté dans le flot temporel comme le pêcheur dans la tempête et rien de ce que je pouvais à présent vivre ou ressentir n'était vaguement comparable à cette sensation.

Ma carrière, par exemple, prit une tournure inattendue. J'avais fini par postuler à un poste de gardien de nuit dans un musée d'Histoire naturelle. J'aurais pu, vu mon bagage académique, aspirer à des tâches plus nobles, mais, depuis mon 'incident', les vestiges ancestraux d'un passé longtemps révolu m'offraient le seul environnement où je me sentais véritablement à ma place. J'adorais les longues veillées solitaires à errer dans les couloirs sombres et silencieux de l'immense bâtisse, entouré des fossiles immuables qui avaient affronté les millénaires, témoins muets de notre histoire. Je partageais avec eux un secret que le commun des mortels ne pouvait comprendre. Je pouvais sentir cette complicité tacite lorsque j'arpentais leurs rangs immobiles, comme s'ils chuchotaient entre eux « Voici un des nôtres qui passe. »

Mon rapport avec les enfants avait lui aussi changé de façon inattendue. Selon toute évidence, j'étais devenu pour eux un objet de fascination. Je devais, un samedi sur deux, assurer la permanence de jour, ce qui m'obligeait à m'exposer à l'examen impudique des touristes, familles nombreuses et groupes d'écoliers qui m'observaient comme si j'étais une des curiosités en exposition. Je m'arrangeais généralement pour me poster à l'entrée de la galerie de Géologie — laquelle attirait fort peu de visiteurs — mais, malgré cela, à un moment ou l'autre de la journée, je pouvais être certain de faire l'objet d'un rassemblement d'enfants venus m'observer en silence comme si j'avais appartenu à une des espèces bizarres et merveilleuses du pavillon de Paléontologie. Les plus téméraires s'approchaient assez près pour toucher du bout du doigt les pans de mon uniforme comme s'ils accomplissaient un rite sacré, avant de courir rejoindre leurs camarades admiratifs.

Je crus tout d'abord qu'il s'agissait d'une chose normale, le vert céladon de nos uniformes exerçant sans doute un attrait spécial pour eux, mais découvris, en prêtant attention aux discussions des autres gardes, que c'était loin d'être le cas. Leur seul sujet d'intérêt semblait être le cortège de femmes qui défilaient inlassablement sous l'œil immobile des sauriens géants. Les enfants, visiblement, ne s'intéressaient qu'à moi.

Les femmes, elles, ne m'accordaient pas plus d'attention que si j'avais fait partie des murs. Pourtant le musée attirait des spécimens d'une surprenante beauté. Les jeunes étrangères aux accents exotiques se déplaçant par trois comme une floquée d'oiseaux dans un gazouillis de secrets chuchotés, les félines mystérieuses et lascives remplissant les allées du cliquetis métallique de leurs talons, les femmes mûres que la vie avait façonnées en œuvres d'art, conférant à leurs formes pleines une sensualité troublante, les étudiantes à chaussures plates dissimulant sous leurs lunettes rondes et leurs jupes plissées une passion aussi tellurique que les volcans du Paléozoïque, toutes m'apparaissaient plus belles les unes que les autres dans les petits détails qui les rendaient chacune unique. Ou peut-être était-ce ma capacité à voir à travers les méandres du temps qui ne me laissait percevoir d'elles que le moment exact de leur existence où elles avaient atteint la perfection. Malheureusement, mon dérèglement temporel avait laissé sur moi une invisible marque que leur intuition féminine pouvait confusément sentir, les forçant à se tenir prudemment à distance. Leurs yeux passaient sans me voir et je n'étais plus en leur présence qu'un des fantômes errant dans les couloirs du passé. Je ne leur en voulais pas. La magie toujours renouvelée de leur éternelle grâce me touchait bien au-delà de la simple possession de leur chair périssable.

Mon autre plaisir, je le trouvais dans les promenades dominicales qui m'amenaient immanquablement sur les quais d'une gare déserte à l'heure où ne passait plus aucun train. Je ne le faisais même pas volontairement. Je travaillais à l'époque sur le développement de ma thèse de doctorat sous forme d'ouvrage académique que j'espérais un jour publier, et ces longues ballades avaient le but avoué de m'aider à rassembler mes pensées. Pendant que se déroulaient dans ma tête les grandes épopées de l'Égypte Antique, je ne prêtais que peu d'attention au chemin que j'empruntais et toutes les routes semblaient inévitablement déboucher sur une gare déserte. Peut-être le monde dans lequel je vivais était-il constitué d'une infinité de gares désaffectées reliées entre elles par une infinité de routes secondaires. Toujours est-il que mes escapades se terminaient toujours sur le quai d'une gare isolée, jamais la même. Je n'y restais d'ailleurs pas seul très longtemps. Comme s'ils avaient guetté mon arrivée, les enfants apparaissaient alors.

Je ne sais comment ils étaient informés de ma présence, mais il me suffisait de me poser quelques minutes sur le banc d'une gare déserte pour qu'ils délaissent leurs jeux et viennent s'asseoir en rond à mes pieds, comme attirés par le joueur de flûte de je ne sais plus quelle ville allemande. Ils n'étaient parfois que quatre ou cinq, parfois une douzaine. Les plus jeunes arrivaient toujours les derniers. Quand ils étaient tous là, le silence se faisait et leurs visages innocents se tournaient vers moi dans une attente que je ne connaissais que trop bien. Je leur contais alors les légendes d'une civilisation étrange qui avait régné durant cinq mille ans avant de disparaître complètement, laissant derrière elle d'immenses mausolées où les corps momifiés de leurs divinités attendaient de renaître.

Je leur parlais de la merveilleuse Menka Ré dont les cheveux d'or avaient enchaîné le cœur du dernier Pharaon de l'Ancien Empire au point qu'il lui avait légué à sa mort le plus grand royaume de la Terre, faisant d'elle la première femme-pharaon que l'histoire ait connue.

De Selk, le Roi Scorpion dont les terribles armées avaient asservi tout le monde connu, des rives luxuriantes de Nubie jusqu'aux déserts arides de Palestine.

De Hatchepsout, fille de pharaon, qui régna durant plus de vingt ans en se déguisant en homme, épousa son propre frère et lui donna un fils.

De la déesse Satis dont les cheveux étaient si longs et si fournis que chaque fois qu'elle les peignait elle provoquait la crue du Nil.

De la princesse Néférousobek, dont le nom signifie « beauté » et de qui les hommes les plus nobles et les plus puissants acceptaient de devenir esclave afin de pouvoir ne serait-ce qu'un instant l'approcher.

Puis arrivait le moment de ma légende préférée, celle de la déesse Nout, dont le corps superbe et couvert d'étoiles régnait au-dessus du monde, et dont la parfaite union avec le dieu Terre enfantait chaque jour le dieu Soleil. Jaloux de leur amour, son père, le plus puissant dieu du panthéon égyptien, lui interdit d'enfanter pendant les 360 jours de l'année. Mais la déesse sut user de ses charmes pour entraîner le dieu Temps dans une partie de dés qu'elle remporta. Comme gage, elle réclama cinq jours supplémentaires durant lesquels elle put concevoir cinq enfants qui devinrent les plus grands dieux d'Égypte. C'est grâce à elle que l'année compte désormais cinq jours de plus.

C'était généralement le moment qu'attendaient les enfants pour me demander de leur conter l'histoire de la glaneuse de temps. Je ne sais pas qui leur en avait parlé mais, partout où j'allais, ils semblaient être informés de ce qui m'était arrivé. Je terminais donc par le récit de cette étrange fin de matinée dans la petite gare anglaise, constamment interrompu par leurs commentaires et leurs rires comme si, après avoir poliment écouté mes autres histoires, ils pouvaient enfin laisser libre cours à leur âme d'enfant.

Leurs questions me surprenaient toujours, me forçant à réexaminer les plus petits recoins de mes souvenirs. Ainsi, l'histoire s'enrichissait à chaque récitation de nouveaux détails, d'images et de sensations toujours plus vivaces. Petit à petit, la lumière, les odeurs, les sons emplissaient l'espace et submergeaient mes sens. Alors, pendant un instant, j'étais de retour sur le quai de la gare et pouvais sentir, de manière aussi vive que ce jour-là, la peau d'ange sur ma main ou la poudre de nuages sur mes lèvres. La différence, c'est que je n'étais plus seul, j'étais entouré de la présence des enfants qui empruntaient à ma suite la porte entrouverte sur les replis du temps.

Je connaissais leur secret, tout comme eux le mien. Avant même de savoir parler, ils pouvaient déjà plier le temps à leurs désirs et créer, dans l'espace d'un battement de cil, de vastes royaumes peuplés de créatures superbes, improbables ou terrifiantes dont les aventures s'étendaient sur des siècles. Ils étaient les maîtres incontestés d'un monde sans limites, un monde dont nous les privions chaque jour un peu plus par notre excès de logique et de ponctualité. J'étais la porte qui leur permettait de passer de l'autre côté et j'aimais entendre leurs rires joyeux s'évanouissant au loin comme emportés par une barque invisible.

Lorsque j'ouvrais les yeux après avoir contemplé la danse rapide des papillons dans la lumière du printemps, les enfants avaient disparu. Je reprenais alors le chemin de ma petite maison de banlieue dans les derniers embrasements du crépuscule.

Cinquante ans, un demi-siècle, se sont écoulés ainsi, comme dans un rêve. J'ai trouvé l'amour, un dimanche après-midi sur le quai d'une gare déserte. Les enfants ce jour-là avaient eu la délicatesse de ne pas se montrer et lorsqu'elle apparut sous son ombrelle blanche, j'ai tout de suite su que, si j'avais hâté mon départ d'Oxford, c'était uniquement pour ne pas manquer ce rendez-vous bien des années plus tard. Je n'ai jamais terminé mon livre sur le culte de la mort dans l'Égypte antique. L'absurdité de cette quête m'amuse à présent.

Ces fous s'étaient fait construire des mausolées gigantesques et avaient répandu leurs entrailles aux quatre coins du pays pour essayer de voler aux dieux le secret de l'immortalité. Prisonniers aujourd'hui de dépouilles desséchées et poussiéreuses, objets de curiosité et d'effroi, ils s'étaient condamnés eux-mêmes à contempler sous leurs paupières cousues l'éternité de leur propre malédiction.

Je n'ai jamais revu les glaneuses de temps, pas même dans les minutes perdues entre mes rêves, mais j'ai l'impression de ne pas avoir vieilli d'un jour. Je peux, à chaque instant, revenir à cette après-midi torride au cours de laquelle, jeune homme dans la force de l'âge, j'avais pris un raccourci dans les couloirs du temps. Ces quelques heures offertes sont toujours là, immuables, et je peux y puiser toute la force et la vitalité dont j'ai besoin. Le pauvre Imhotep doit s'en retourner dans ses bandelettes.

Les enfants, je les croise parfois sur les chemins, leurs yeux brillants comme des étoiles. Ils ont, comme moi, redécouvert la porte secrète qui leur avait été dérobée en grandissant, et pour eux, et les générations à venir, le temps n'aura jamais plus de secret.

Un mot de l'auteur

J'espère que vous avez pris autant de plaisir à lire ces nouvelles que j'en ai eu à les écrire. Merci à Brienne, ma charmante correctrice, à Violette Sagols pour ses très belles illustrations et à Zummerfish pour la superbe illustration de couverture.

Si vous désirez suivre mon actualité et être informé(e) de mes prochaines parutions, n'hésitez pas venir visiter mon blog où je poste régulièrement des nouvelles ou des chapitres inédits de mes romans en cours :

www.mezaventures.com

Du même auteur

Le baiser de Pandore

Sélection du Prix Amazon 2015 du roman indépendant

Je m'appelle Paul Heyland. Je suis flic, commissaire à la Crim'. Lorsque j'ai été affecté au meurtre de Julien Delatour, assassiné un froid matin d'hiver dans une chambre d'hôtel de luxe, je n'y ai vu qu'une sale enquête de plus… J'avais tort.

Je me souviens encore des lumières blafardes de cette salle d'interrogatoire où je l'ai rencontrée, la suspecte que tout accusait. Une Ukrainienne aux yeux gris. Belle, triste, mystérieuse. J'aurais dû me douter que tout cela allait mal se terminer mais, pour une fois, mon instinct de flic est resté muet. Pourquoi suis-je resté sourd aux voix qui me criaient à l'oreille de tourner le dos et m'enfuir ?

C'était le début de la fin. Une longue course semée de cadavres, comme autant de cailloux blancs laissés à mon intention, qui allait m'entraîner dans une poursuite effrénée jusqu'aux confins d'une Russie encore hantée par les fantômes du passé. Au bout de la route, je savais que je n'en sortirai pas indemne. Tous ces macchabées croisés durant ma carrière de flic me l'avaient déjà annoncé.

Mais depuis l'instant où j'avais croisé son maudit regard gris, je n'avais plus le choix…

« Un Thriller hors norme. Eros et Thanatos s'affrontent avec hargne dans ce roman policier d'une irrésistible sensualité. » *NouvelObs.com*